LEBENDE KLASSIKER

Johann Lerchenwald

Friederich Güthlin

Geschichte eines Humanisten an der Schwelle
zur digitalen Sintflut

Büste auf dem Umschlag
von Lodovica San Guedoro

Druck: buch bücher dd ag
96158 Birkach

ISBN: 978-3-939901-29-7

I

Der Tag neigte sich seinem frühen winterlichen Ende zu. Die Luft war feucht und kalt, und immer wieder kam ein lästiger, schneidender Wind auf.

In der Ecke eines mächtigen Torbogens hatte Minze sich auf der steinernen Schwelle zu einer fast vollkommenen Kugel zusammengezogen. Ihr weiches, schwarzes Perserfell glich einem großen, zitternden Puderquast, aus dem zwei halbverschlossene gelbe Augen streng auf das nasse Pflaster des verlassenen Platzes hinausblickten.

Eben waren in der gegenüberliegenden Schreibwarenhandlung die Lichter ausgegangen. Weit und breit keine Menschenseele.

Die Katze ärgerte sich. Ihr Hausherr hätte bereits vor einer halben Stunde erscheinen müssen! Sie konnte sich genau erinnern, daß er mit Marcel einen Termin für 17 Uhr vereinbart hatte. War dem hohlköpfigen Vatersöhnchen wieder etwas zugestoßen? Womöglich war es ihm endlich gelungen, sich an einer soliden Eiche aufzuknüpfen oder die goldene Rasierklinge zu schlucken, die er, nicht ganz der letzten Mode entsprechend, an seiner Halskette trug. In diesem Fall mußte Dr. Güthlin jetzt wohl der Polizei Bericht erstatten über die psychischen Verwirrungen seines Schützlings …

Da kam endlich ein Mann mit hochgeschlagenem Mantelkragen und steifem Schritt die Häuserfront entlang, und Minze versuchte ihm durch jammervolles Klagen zu verstehen zu geben, daß er ihr das schwere Holztor öffnen solle. Der war aber so sehr in seine eigenen Sorgen vertieft oder schlichtweg so stumpfsinnig, daß er sich nicht einmal nach ihr umdrehte.

Wo waren die zahlreichen Bewohner der Stadt um diese Stunde? Aus keinem der umliegenden Häuser drang der Duft von Gekochtem, nirgendsher eine Stimme. Nur ganz oben, unter dem alten Giebeldach, flimmerte es verdächtig hinter einem kleinen Fenster.

Selbst der Brunnen – der mit seinen zementgrauen neugotischen Figuren zwar auch im Sommer nicht gerade überwältigend wirkte, aber doch zur Belebung des Platzes beitrug – war um diese Jahreszeit sorgfältig unter einer Holzhülle verborgen, die ihn vor starken Temperaturschwankungen schützen sollte. Und da man all die alten Gebäude ringsum erst kürzlich lieblos herausgeputzt hatte, bot sich Minzes aufmerksamem Blick ein ödes, trostloses Bild, in dem, wie auf unzähligen anderen Himmelskörpern, die einzigen vitalen Elemente Staub und Wind waren …

Es verging noch einige Zeit, ehe die Katze in der Ferne wohlbekannte Schritte vernahm, und bald darauf tauchten aus der finsteren Gasse, die hinunter zum Fluß führte, die erwarteten Gestalten auf: der zweihundertfünfzig Pfund schwere Koloß mit ungeordnetem Haar und langem Bart und der leicht gebeugt einhergehende, schmächtige Jüngling, der Mühe hatte, mit dem anderen Schritt zu halten.

Allem Anschein nach hatte Dr. Güthlin wieder einmal einen Patienten davon überzeugen wollen, daß sich ein Spaziergang an den winterlichen Ufern der Dörsach sehr gut mit den Ausgrabungsarbeiten in der Psyche verbinden ließ. Und wahrscheinlich hatte Marcel eine halbe Stunde tapfer durchgehalten und dann seinen allmächtigen, aber stets entgegenkommenden Arzt gebeten, die Therapiestunde in der Praxis beenden zu dürfen, da ihn die eisige Kälte nicht nur körperlich lähmte, sondern regelrecht daran hinderte, einen klaren Gedanken zu fassen. Sichtlich zitternd und mit dem seit einigen Minuten fallenden Schnee bepudert, kam er nun unter der städtischen Neonbeleuchtung auf Minze zu, grüßte sie in dem albernen Ton, den viele Menschen Kindern gegenüber für angebracht halten, und wollte sie auch streicheln. Aber Dr. Güthlin schob ihn bereits durch das geöffnete Tor, indem er väterlich murmelte: „Nun komm, sonst holst du dir noch eine Lungenentzündung!“ Minze glitt zwischen Marcels Beinen hindurch und eilte voraus in Richtung Praxis.

Diese war im Hinterhof in einer recht großen Holzhütte untergebracht, einem ehemaligen Abstellraum für Gartengeräte und frostempfindliche Topfpflanzen, der mangels eines Gärtners schon vor Jahren mit wenig Aufwand für den neuen Gebrauch eingerichtet worden war.

Über eine Art Diele, in der eine verstaubte Büchervitrine, drei Strohstühle und ein stets mit Fachzeitschriften, handbeschriebenen Blättern und anderen Gegenständen überhäufter Tisch herumstanden, gelangte man in die eigentliche Praxis, die mehr einem Gewächshaus glich. An den Wänden rankten sich über grobe Rohrgitter üppige Schlingpflanzen empor, während riesige, fast bedrohlich wirkende Farnkräuter den Unkundigen nicht erkennen ließen, auf welchem Pfad er sich durch diesen Raum bewegen sollte.

Dr. Güthlin lehnte sich wie gewöhnlich in seinem abgenutzten Ledersessel weit zurück. Sein unergründlicher Gesichtsausdruck war nur schwer auszumachen in dem unsteten Licht der Kerze, die einsam vor ihm auf dem protzigen, leicht verkommenen Mahagonischreibtisch brannte. Doch seine ganze Haltung, die regelmäßigen, tiefen Atemzüge und der teilnahmslose, leere Blick hätten einem respektlosen Beobachter leicht den Eindruck vermitteln können, der korpulente Mann nütze die Therapiestunde für ein Nickerchen und schlafe mit offenen Augen.

In eine Wolldecke gehüllt, hockte Marcel ihm gegenüber auf einem der zwei alten Ledersessel, die mit einer schmucklosen, braunen Cordcouch rechterseits das Mobiliar vervollständigten. Da für seinen Beichtvater das Grünzeug, zusammen mit dem Bienenwachsduft und dem hypnotischen Flackern der Flamme, die ideale Voraussetzung für eine erfolgreiche Seelenerforschung darstellte, durften Temperatur und Luftfeuchtigkeit nie unter eine gewisse Grenze sinken. Die Folge war, daß der schmächtige Jüngling jetzt gleichzeitig fror und schwitzte, während er die schwerelosen Schneeflocken betrachtete, die vor den Fenstern durch die Dunkelheit segelten.

Eine Zeitlang saßen die beiden sich wortlos gegenüber, wie zwei, die sich nichts zu sagen haben. Marcel wippte nervös mit den übereinandergeschlagenen Beinen und fuhr sich hin und wieder mit der Hand über das Gesicht.

Schließlich ermunterte Dr. Güthlin ihn mit müder Stimme: „Erzähl weiter."

„Was soll ich denn erzählen?" entgegnete der Patient leise, indem er ängstlich und unruhig, aber auch böse zur Seite blickte, wonach er wie im Selbstgespräch weiterlispelte: „Ich komme jetzt schon seit über drei Monaten hierher ... nur weil mein Vater mir sonst das Taschengeld streichen würde, das wissen Sie genau! ... Gut, ich habe versucht, meinem Bruder das Küchenmesser in den Bauch zu stoßen. Weiß auch nicht, warum ... Aber es ist ihm doch gar nichts passiert! Was soll also das ganze Theater?"

Der Arzt ließ eine jener unerträglichen Denkpausen vergehen, die seine therapeutische Methode kennzeichneten, und erwiderte dann beschwörend:„Marcel, du hast vor zwei Monaten einen Selbstmordversuch begangen. Nach vier abgebrochenen Lehren bist du mit deinen fünfundzwanzig Jahren noch nicht in der Lage, auf eigenen Beinen zu stehen … Sag nur nicht, daß dich das nicht belastet."

„Was heißt belasten! Ich hab keine Lust, den ganzen Tag an einem Eisenstück herumzufeilen und mich vom Chef anschnauzen zu lassen …"

„Ohne Müh' kein Preis. Wenn du dich nicht zusammenreißt, wirst du nie dein eigener Herr sein … Du sitzt doch täglich stundenlang vor deinen Computerspielen. Warum willst du es nicht wenigstens einmal versuchen, in der EDV-Firma deines Vaters mitzuarbeiten? Dort könntest du dich auf einem Gebiet fortbilden, das dich interessiert, und hättest außerdem keinen Chef über dir."

„Das Gebiet, wie Sie es nennen, interessiert mich überhaupt nicht! Und im übrigen kann mich mein Vater nicht ausstehen."

„ Er verwöhnt dich …"

„Er kann mich nicht leiden! Er läßt mir keine Ruhe!"

Es folgte wieder ein längeres Schweigen, in dem Marcel sich die Decke vom Leib riß, um sie auf die Couch zu werfen, während Dr. Güthlin etwas zu offensichtlich auf die Uhr blickte.

Als die rhythmischen Beinbewegungen und das nervöse Zucken in der rechten Gesichtshälfte des Patienten einen gewissen Grad erreicht hatten, fragte der Arzt: „Was hast du heute nacht geträumt?"

„Ein scheußliches Ungeheuer, das mich in einem Urwald verfolgte. Jedesmal, wenn ich es mit meiner Laserpistole gekillt hatte, tauchte es kurz darauf woanders wieder auf."

„Was meinst du, was das bedeuten könnte?"

„Ist es nicht Ihre Aufgabe, das herauszufinden?"

„Du mußt dabei schon mithelfen, sonst kommen wir nicht weiter … Marcel, die Zeit ist um. Wir sehen uns am nächsten Mittwoch wieder.“

II

Bei manchem Leser wird vielleicht Minzes Denkvermögen, das im vorigen Kapitel wie eine Selbstverständlichkeit eingeführt wurde, Verblüffung, wenn nicht Ärgernis erregt haben. Daß Katzen intelligent sind, vermutlich sogar intelligenter als Hunde, da sie keinen absoluten Gehorsam kennen, daß sie ein erstaunliches Gefühlsleben besitzen, welches, wie beim Menschen, vor allem in den Augen zum Ausdruck kommt, daß sie schließlich einen sehr individuellen Charakter entwickeln und sogar träumen können, weiß jeder, der sich je etwas intensiver mit ihnen abgegeben hat. Den Geist aber, der unter den Menschen so viel Unheil anrichtet, hat Gott uns allein eingehaucht – so steht es schon in der Bibel.

Wo sollten wir im übrigen noch Frieden finden, wenn selbst Bäume und Fische anfingen zu schwatzen und zu räsonieren?

Dagegen ist natürlich nichts einzuwenden. Und dennoch …

In einer jener ostdeutschen Kleinstädte, die, trotz der unübersehbaren Einflüsse einer ausgeprägten Planwirtschaft, auch heute noch mehr greifbare Vergangenheit vorzuweisen haben als ihre westlichen Gegenstücke, lebte bis vor einigen Jahren ein betagter Professor, übrigens ein Onkel von Dr. Güthlin, der nur zwei Lieben kannte: die Taubstummen und die Katzen.

Neunundreißig Jahre lang hatte der hervorragende Gelehrte sich, auch dank staatlicher Unterstützung, mit viel Feingefühl und Geduld der Sprache als der wichtigsten Voraussetzung für die Entwicklung des menschlichen Verstandes widmen können. Und infolge seines ständigen Kontakts mit Taubstummen, die mit Hilfe einer den ganzen Körper einbeziehenden Mimik sogar über Kants Metaphysik zu diskutieren vermochten, war er zur Erkenntnis gelangt, daß im Grunde eine jede Art von Kommunikation zur Vermittlung nicht nur von Gefühlen und Wünschen, sondern auch von abstrakten Begriffen und schöpferischen Seelenflügen dienen konnte, wenn sie nur ein ausreichendes Maß an Komplexität besaß.

Nach seiner Pensionierung und dem kurz darauf erfolgten Tod seiner Frau wäre der Professor gewiß in Trübsinn verfallen, hätte er nicht unermüdlich an einem Werk über taubblinde, also nur mit drei Sinnen ausgestattete Kinder weitergearbeitet, das die Krönung seiner Studien darstellen sollte.

In einer schlaflosen Nacht – er hatte sich wieder einmal hoffnungslos festgefahren – beobachtete der Mann, wie Minzchen, seine drei Wochen alte Katze, etwas unbeholfen unter dem Sofa hervorkrabbelte und mit ihren dünnen Krallen in dem verschlissenen Chinateppich hängenblieb. Und mit einem Mal brach er seine Überlegungen ab und gab sich, angetrieben vielleicht auch durch den im Alter neu erwachten Spieltrieb, einer ebenso verrückten wie gottlosen Idee hin. Einer Idee, von der er sich später oft fragte, wieso sie ihm nicht schon früher gekommen war.

Er nahm das Kätzchen vorsichtig mit beiden Händen vom Boden und begann, ohne das verzweifelte Zappeln und die übertriebenen Schreie zu beachten, ernst und versonnen mit ihm zu reden.

„Wenn meine selige Maria die Maunze auf dem Schoß hatte, sagte sie oft zu mir: ‚Sieh doch, Erich, wie tiefsinnig sie mich anblickt … Es fehlt ihr nur das Wort. Sieh doch!' … Wie recht sie hatte! Es fehlte ihr nur das Wort … Begegne ich nicht täglich Menschen auf der Straße, die mit einem erloschenen Blick umherlaufen, wie ihn unsere Maunze zeitlebens nie gehabt hat? … Es fehlte ihr nur das Wort, begreifst du, Minzchen? Es fehlte ihr nur das Wort …"

Ohne uns mit der Erklärung langwieriger Einzelschritte aufzuhalten, die den Laien ohnehin nicht interessieren würden, soll hier nur angedeutet werden, wie die eingehende Beschäftigung mit der rasch heranwachsenden Katze schon bald erstaunliche Fortschritte zeitigte.

Da Minze über keinen geeigneten Sprechapparat verfügte, konzentrierte der Professor seinen Eifer sogleich auf die Schaffung einer ihrer Körperbeschaffenheit angepaßten Gebärdensprache, wobei es ihm nicht nur einiges Kopfzerbrechen bereitete, sich in die Katze hineinzuversetzen, sondern vor allem schwerfiel, bei seinen altersbedingten Versteifungen ihre Bewegungen nachzuahmen.

Doch ein deutsches Sprichwort sagt: Wo ein Wille ist, da ist auch ein Weg. Und bereits nach einem Jahr unterhielten sich die beiden problemlos über alltägliche Dinge und stellten in der Frühe, bevor er zum Markt ging, gemeinsam das Mittagsmenü zusammen.

Anfangs war der Ziehvater ziemlich überrascht von der unglaublichen Aufnahmefähigkeit seines Adoptivkindes. War diese aber weiter verwunderlich, wenn man berücksichtigte, daß Minze als Mensch bei ihrem Tod erst das Pubertätsalter erreicht haben würde? Sie mußte sich also sputen. Und wieder einmal zeigte sich, daß die Natur kompensiert, wo es nur geht.

Kaum war eine angemessene Verständigung erreicht, kam der Lehrer zu dem einfachen Schluß: ‚Wenn ich mir ihre Sprache angeeignet habe, warum sollte sie dann nicht die gewöhnliche menschliche Sprache wenigstens verstehen lernen?'

Übers Jahr konnte Minze den Gesprächen nichtsahnender Leute im Haus oder auf der Straße folgen und Radio hören. Und selbstverständlich dauerte es nun nicht mehr lange, bis sie auch lesen konnte, wenngleich es nicht gelingen wollte, ihren Ehrgeiz so weit zu treiben, daß sie sich den eigens mit Lederriemen versehenen Bleistift über die Pfote streifen ließ, um ein Heft mit Buchstaben vollzukritzeln …

In seinen letzten Lebensmonaten wurde der Professor von dem Zwiespalt gequält, ob er seine unfaßbare Entdeckung der wissenschaftlichen Welt vorführen und den gebührenden Triumph genießen oder seiner Minze das grausame Schicksal ersparen sollte, zu dem sie dann unweigerlich verdammt gewesen wäre.

Auf dem Sterbebett legte er ihr schließlich mit verklärtem Blick ans Herz, den Menschen niemals das Geheimnis ihrer Einzigartigkeit preiszugeben. Er hatte gerade begonnen, ihr in furchtbaren Farben zu schildern, welchen Gefahren sie sich damit aussetzen würde, als ihm die Stimme versagte …

Nach der Beerdigung wurde die schwarze Perserkatze mit dem kurzen, flaumigen Fell, das im Sonnenschein rostbraun aufleuchtete, wie im Testament vorgesehen, von dem westlichen Neffen Dr. Güthlin übernommen. Dieser kam seiner Pflicht auch deshalb nach, weil er sich von Minze eine Abhilfe gegen die in Hof und Keller grassierende Mäuseplage versprach.

Und in der Tat zuckte sie immer instinktiv zusammen

und bekam mörderische Augen, wenn sie merkte, daß ein Nager sich in ihrer Nähe herumtrieb. Gleichwohl war sie inzwischen so sehr durch die menschliche Zivilisation verdorben, daß ihr beim Gedanken, ein solches Tier mit Haut und Haaren zu verzehren, grauste.

Ein einziges Mal mißachtete Minze – aus Neugier oder Eitelkeit – die Warnung ihres geliebten Ziehvaters. Die schrecklichen Folgen dieses leichtsinnigen Schrittes gingen über alle ihre Vorstellung. Sie wurde von Photographen und Fernsehreportern gejagt, religiöse Fanatiker wollten sie als Verkörperung des Teufels steinigen, und schließlich wäre sie beinahe in einem Labor für Tierversuche geendet, hätte eine barmherzige, gottesfürchtige Seele ihr nicht im letzten Augenblick zur Flucht verholfen …

Da es uns nicht leichtfällt, zwei Tiere derselben Rasse zu unterscheiden, wenn sie nicht besondere Merkmale aufweisen, konnte Minze, nachdem sie eine Zeitlang untergetaucht war und der Rummel sich gelegt hatte, unbesorgt ihr gewohntes Leben wiederaufnehmen.

Die Zeitungen und Rundfunkanstalten fanden bald neue Schlagzeilen für ihr Publikum. Dieses hatte von Anfang an gewußt, daß alles nur Schwindel gewesen war. Und Dr. Güthlin, der nicht viel von Medienspektakeln hielt, war Minzes mehrtägige Abwesenheit ohnehin nicht weiter aufgefallen.

III

„Schmeckt sie dir nicht, oder hast du etwas auf dem Herzen?" fragte Frau Güthlin ihren Sohn, der lustlos und abwesend mit dem Löffel in der Kartoffelsuppe rührte. Als ganze Antwort erhielt sie ein unverständliches Murren.

Das Abendessen wurde wie üblich im Speisezimmer der über drei Etagen verteilten Wohnung eingenommen. Und den mit einem schlichten weißen Leinentuch bedeckten Tisch zierte auch heute, neben dem alten Porzellangeschirr, dem Silberbesteck mit Ebenholzgriffen und den Kristallgläsern, der siebenarmige Leuchter, den Vater bei einer Auktion ersteigert hatte, bevor er an die russische Front geschickt worden war, und dessen Kerzen bei festlichen Anlässen angezündet wurden.

Das einzige, was in dem angenehmen Bild der auch mit passenden Blumen geschmückten Tafel ins Auge fiel, war eine allzu pittoreske Strohflasche. Diese hatte Dr. Güthlin in seiner Jugend von einem längeren Aufenthalt in Italien mitgebracht und über all die Jahre bewahrt, als handelte es sich um kostbares Kunsthandwerk. Nicht etwa aus Romantik, sondern einfach weil ihm der Rotwein, den er sich jeden Herbst in vier Ballons bei einem Kleinbauern in der Nähe von Lucca holte, nur dann wirklich echt und unverfälscht erschien, wenn er aus dem dunkelgrünen, bauchigen

Glas hervorgluckerte.

Er hatte nicht viele Freuden, und diese war eine von denen, die er sorgsam hütete.

„Sieh nur, die Katze scheint ebensowenig Appetit zu haben wie du“, sagte die noch rüstig wirkende, fünfundachtzigjährige Frau mit einem einladenden Lächeln, um ihren Friederich zu zerstreuen; denn sie sah wohl, daß ihn wieder einmal jener düstere Gemütszustand heimgesucht hatte, gegen den erfahrungsgemäß schwer anzukommen war.

Minze, die ihrem neuen Frauchen schon in den ersten Tagen mit einiger Mühe, doch ohne sich zu verraten, zu verstehen gegeben hatte, daß sie dasselbe essen wolle wie die Herrschaften, einschließlich des Desserts, saß auf ihrer Bastmatte und schnupperte, in Erwartung des Gesottenen mit grüner Soße, mißmutig an ihrem Teller Kartoffelsuppe.

„So sag doch was!“ setzte die zierliche Frau ihrem Riesen weiter zu. „Hat er dich wieder unter seinem Gejammer begraben? Hast du dich von seinen traurigen und häßlichen Geschichten betören lassen? … Dieser Marcel nützt euch doch alle aus, dich, den Vater und die spendable Großmama. Und dann macht er sich hinter eurem Rücken noch lustig über euch.“

„Schweig bitte, Mutter!“ entgegnete er ungehalten und löffelte langsam ein wenig Brühe.

Oft war er es selbst, der sich um diese Stunde über einen seiner „Fälle“ ausließ. Ein natürliches Bedürfnis – da er sonst mit niemandem darüber sprach –, das noch verstärkt wurde durch den Wunsch, die Meinung eines Menschen zu hören, der nicht durch ein Labyrinth psychoanalytischer Theorien vorbelastet war. Wenn sie jedoch diesen Ton anschlug und ihn, wie einen kleinen Jungen, mit törichter Besserwisserei über etwas aufklären wollte, wovon sie keine Ahnung hatte, konnte ihn das sehr reizen.

Frau Güthlin ließ sich nicht einschüchtern: „Wenn du einen ordentlichen Beruf gewählt hättest …"

„… dann hätte ich jetzt meine Ruhe", unterbrach er sie. „Ich weiß. Aber selbst wenn du damit recht hättest, inzwischen wäre es ohnehin zu spät, sich eines Besseren zu besinnen. Verschon mich also bitte mit deinen Weisheiten."

Er hatte begonnen, gierig seine Suppe zu verschlingen, und vielleicht fühlte sich die Mutter gerade dadurch ermutigt, nicht lockerzulassen.

„Als ich ein Kind war, wurden solche Angelegenheiten in der Familie ausgehandelt. Da gab es noch keinen wissenschaftlichen Beichtvater, der einem jahrelang die Seele zerpflückt und jeden Furz in Frage stellt. Da gab es nur: sich durchsetzen, sich einigen oder sich abfinden … „

„… und wenn du dich mit keiner der drei Lösungen zufriedengabst, konntest du krepieren", ergänzte er mit vollem Mund.

„Was soll's, es gibt Grenzen, jenseits derer das erzwungene Überleben zur Monstrosität wird. Denk nur an die Organtransplantationen, die inzwischen gang und gäbe sind …"

„Du bringst alles durcheinander, Mutter, und machst es dir zu leicht …"

„Und du machst es dir zu schwer. Früher ging man zum Priester, wenn man weder aus noch ein wußte. Und dieser hatte neben seinen verständnisvollen, tröstenden Worten stets den Hinweis auf die Vergänglichkeit aller irdischen Sorgen parat. Er erklärte einem, daß der Wille Gottes unergründlich und seine Liebe unendlich seien, und das ersparte ihm und seinen geistlichen Kindern viel unnötige Mühe."

„Nun bring nicht wieder den lieben Gott ins Spiel!"

„Tu ich ja gar nicht. Ich will nur sagen, daß der Herr Pfarrer sich nicht anmaßte, alle Unfähigkeit zu leben auf Konflikte mit den Eltern und einen unterdrückten

Geschlechtstrieb zurückführen und damit beseitigen zu können. Er bürdete sich selbst keine solch aberwitzige Verantwortung auf und führte seine Schäflein auch nicht in derartige Sackgassen ... Seien wir doch ehrlich, was den Leuten heute den Frieden raubt und viele von ihnen zu euch Psycho-Fritzen führt, ist das Fehlen einer jeglichen Kultur. Keiner weiß mehr, wo er hingehört und warum er sich abrackert. Und zuletzt läuft alles darauf hinaus, möglichst viel Geld zu scheffeln, um diesem sinnlosen Dasein möglichst oft zu entfliehen und an anderen Orten Ablenkung zu finden. Leider warten aber an solchen Orten Schicksalsgenossen, die ebenfalls nur darauf aus sind, mit allen erdenklichen miesen Tricks rasch eine Menge zu verdienen, um auf Reisen gehen zu können ... Und in diesem verrückten Ameisenhaufen wird einer, der nicht mehr fähig ist, sich zu beherrschen und mitzutanzen, von euch noch mehr verwirrt, indem ihr ihm einredet, seine Depressionen und Alpträume seien auf eine komplexe seelische Unzulänglichkeit zurückzuführen ... Eins sag ich dir, Friederich, man kann ungebildet und gar bitterarm sein und Kultur besitzen, wem es aber daran fehlt, der ist dem unsteten Treiben unserer Zeit wehrlos ausgeliefert."

Dr. Güthlin, der damit beschäftigt war, drei feine Scheiben Rindfleisch mit grüner Soße zu bestreichen, und dem der erste Gang den dumpfen Druck von Kopf und Magen genommen hatte, erwiderte gutmütig: „Liebste Mama, du kannst nicht eine Grippe oder eine Darmentzündung damit abtun, daß die Umweltbelastung und die ungesunden Eßgewohnheiten daran Schuld tragen. Und ich kann meine Patienten nicht damit abfertigen, daß der Mangel an Kultur, von dem sie umgeben sind und der gewiß beklagenswert ist, ihre pathologische Veranlagung fördert. Die Welt kann ich nicht ändern, aber ich kann ihnen helfen, darin ohne unnötige Zusatzbelastung zurechtzukommen."

„Ja, ja“, seufzte die Frau, „wenn dich das alles nur nicht so mitnehmen würde …“

Und damit war das Thema für diesen Abend erledigt.

IV

Die himmelblauen Wände in dem rechts vom Eingang zur Holzhütte/Praxis angebauten und mit Tonziegeln eingedeckten WC waren an mehreren Stellen von der Feuchtigkeit aufgequollen und angeschimmelt, und Kloschüssel wie Miniwaschbecken stammten vielleicht vom Sperrmüll. Im übrigen wurde der Ort saubergehalten und wohl auch wenig benützt.

Hermine machte nur ungern davon Gebrauch, weil die schlüssellose Tür sie beim Verrichten ihrer kleinen Notdurft (mehr kam ohnehin nicht in Frage) immer zwang, weit nach vorn gebeugt dazuhocken und mit einer Hand die Klinke festzuhalten.

Nachdem Dr. Güthlin sie jedoch heute erstmals von sich aus und ohne jede Begründung zu sich bestellt hatte, war sie schon auf dem Herweg unruhiger als gewöhnlich gewesen. Und als er ihr dann vorhin erdfahl, mit hängenden Wangen und dunkel geränderten Augen geöffnet hatte, hatte eine böse Vorahnung sie in Angst versetzt, und der Druck in ihrer nervösen Blase war sofort unerträglich geworden.

Sie hob den Deckel und sah auf der weißen Keramik eindeutige Kotreste, die, vielleicht nur wegen des ständig tropfenden Wassers, frisch zu sein schienen. Wie peinlich!

Wenn sie nichts unternahm, würde der Nächste, der womöglich schon draußen wartete, diese zweifellos ihr zuschreiben. Aber selbst wenn diese Befürchtung übertrieben sein mochte, so mußte sie die Spuren dennoch beseitigen, um damit den Verdacht aus der Welt zu schaffen, sie könnten von Dr. Güthlin stammen. Denn sie hatte das Gefühl, daß die Achtung vor ihm nicht durch das sichtbare Zeugnis einer solchen Eventualität getrübt werden durfte, wenn die Therapie Erfolg haben sollte.

Ohne länger zu zögern, ballte Hermine ein gutes Stück Klopapier zusammen und wischte mit abgewandtem Gesicht über die kritische Stelle, wobei sie einen ausgestreckten Fuß gegen die Tür gestemmt hielt. Dann zog sie an der kurzen Kette und begab sich unverzüglich in den pflanzenüberfüllten Raum – den eigentlichen Grund ihres Gangs zum WC hatte sie längst vergessen.

Entgegen der sonstigen Gepflogenheit stand Dr. Güthlin hinter dem Schreibtisch, auf dem die Kerze diesmal nicht brannte. Und er begann die Stunde auch nicht nach altem Rezept mit dem oft irritierend wirkenden Satz: „Nun, Hermine, wie geht es Ihnen heute?" Nein, er blickte unentschlossen und finster auf und nieder und sagte endlich ziemlich barsch: „Bitte setzen Sie sich!"

So hatte ihn die siebenundzwanzigjährige freischaffende Autorin noch nie erlebt. Sie kannte ihn als den unerschütterlichen, undurchdringlichen Buddha, der sich zweimal die Woche jeweils 45 Minuten lang ihre endlosen Darstellungen obsessiver Ängste anhörte, hin und wieder Fragen stellte, von denen sie oft nicht wußte, ob sie ernst zu nehmen oder als therapeutische Provokationen aufzufassen seien, und sie selbst in akuten Krisensituationen bestenfalls mit allgemeinen, meist wirkungslosen Trostworten ermunterte.

Darüber hinaus wußte sie nichts von ihm und seinen Gewohnheiten. Ja, sie war ihm noch nie auf der Straße oder sonstwo begegnet, so daß es ihr manchmal vorkommen wollte, als existierte er überhaupt nur in dieser seltsamen Baracke und in der Zeit, die er mit ihr dort verbrachte.

Natürlich war ihr bekannt, daß er in dem schmalen, alten, zwischen zwei klotzigen Büroblocks eingeklemmten Vorderhaus wohnte. Der Name stand unten auf dem Klingelschild, und einmal hatte sie ihn sogar die knarrende Holztreppe herunterkommen gesehen. Aber was er dort trieb, ob er Kinder hatte, auch anderen Interessen nachging oder den ganzen Tag mit der Entwirrung des von seinen Patienten erhaltenen Materials beschäftigt war, davon hatte sie nicht die geringste Vorstellung. Und sie versuchte auch nicht, etwas in Erfahrung zu bringen oder die Phantasie spielen zu lassen, denn sie hatte einmal irgendwo gelesen, die Distanz zum Therapeuten müsse gewahrt bleiben, um die Gefahr einer fatalen Abhängigkeit des Patienten zu vermeiden.

Heute schien alles auf dem Kopf zu stehen. Es war weder Dienstag noch Freitag, ihre beiden Tage, und Hermine hatte auch nicht in einem Verzweiflungsanfall um einen Extratermin gebeten. Vielmehr war sie am frühen Morgen von ihm telephonisch aufgefordert worden, um 16 Uhr vorbeizuschauen, da er mit ihr zu reden habe … War es nicht immer sie, die sprach, die gutwillig und hartnäckig alle ihre Erinnerungen und Träume, Gefühle und Handlungen vor ihm ausbreitete und in jeder ihrer Lebensäußerungen einen Hinweis auf den Ursprung ihrer lähmenden Ängste zu erkennen suchte? Und nun wollte er reden. Worüber? Einen Augenblick durchzuckte sie der berauschende Gedanke, er wolle ihr die Lösung all ihrer Probleme eröffnen und sie ein für allemal entlassen … Aber dazu paßte sein Gesichtsausdruck ganz und gar nicht.

Nachdem er ihr noch einen schmerzerfüllten, tiefgehenden Blick zugeworfen hatte, der aus der Seele kam und sie endgültig aus der Fassung brachte, hob er mit rauher Stimme an: „Hermine, die Entscheidung ist mir nicht leichtgefallen, und Sie sind die erste, der ich sie mitteile: ich werde meine Tätigkeit als Psychotherapeut aufgeben ..."

Hier unterbrach er sich und sah unsicher zum Fenster hinüber, als überlege er, was noch hinzuzufügen sei.

Hermine, die stehengeblieben war, starrte ihn eine Weile entsetzt und ungläubig an. Mit beiden Händen an die Stuhllehne geklammert, erwiderte sie endlich gequält: „Aber das geht doch nicht!!"

„Es muß gehen", entschied er in einem Ton, der keinen Widerspruch duldete, und sie merkte, wie die klaren Umrisse der Dinge um sie herum zu verschwimmen begannen.

So hatte auch ihr Vater gesprochen, wenn er mit ebenso unverständlicher wie unbeugsamer Härte und Autorität ihre jugendlichen Ideale und Träume, die er doch zuvor selbst gesät hatte, mit Füßen trat und sie zu unmöglichen Lebensentscheidungen und Verhaltensweisen zwingen wollte.

Ihr wurde übel. Zitternd und ihre letzten Kräfte zusammennehmend, beschwor sie den Arzt: „Herr Dr. Güthlin, Sie wissen, daß ich gerade eine sehr schlimme Phase durchmache. Sie wissen auch, daß ich, bevor ich Sie kennenlernte, mit zweien ihrer Kollegen sehr schlechte Erfahrungen gemacht habe. Nun komme ich seit fast drei Jahren zu Ihnen. Ich kann nicht noch einmal alles von vorne beginnen ..."

„Ich bin mindestens ebenso krank wie Sie, Hermine", versetzte er düster, „und zwei Kranke in unserem Zustand können einander wenig helfen ... höchstens schaden. Aber ich werde Sie an eine tüchtige Kollegin vermitteln und diese so weit über Ihre Situation ins Bild setzen, daß sich der Schaden für Sie in Grenzen halten wird."

An diesem Nachmittag brach Dr. Güthlin seine Beziehungen zu vier weiteren Patienten ab.

Er war die Sache mit großem Widerwillen angegangen, da ihm selbst vor diesem Schritt bangte und er überdies von seiten der schon länger Betreuten einen Widerstand erwartete, dem er in seiner gegenwärtigen Verfassung nichts Vernünftiges entgegenzusetzen vermocht hätte. Doch dann war alles beinahe routinemäßig abgelaufen, und als er bei Anbruch der Dunkelheit in sein weiträumiges Zimmer unter dem Dach hinaufstieg, empfand er eine starke Erleichterung. Ohne das Licht anzuschalten, ging er die Vorhänge zuziehen, tastete sich zu dem kleinen Biedermeiersofa zwischen den Fenstern und drehte sich eine Zigarette. Und während der Rauch anfing, sein Gehirn zu benebeln, und schwere Tränen seine Wangen herunterliefen, blickte er in die geräuschlose, leere Finsternis …

Im Alter von zweiundzwanzig Jahren war Friederich eines Vormittags, nachdem er mit einem Philosophieprofessor einen leidenschaftlichen Disput gehabt, auf dem Universitätsgelände von einem Menschen angesprochen worden.

Tagelang hatte er sich dann von diesem nicht mehr getrennt. Ohne ein Ziel und ohne die Umgebung eigentlich wahrzunehmen, waren sie von früh bis abends durch die Stadt spaziert, hatten eine andere, reizvollere aufgesucht, um dort dasselbe zu tun, und sich dabei mitgeteilt und einander erzählt, als sollte es kein Ende nehmen.

Neben der Schönheit dieses Menschen und der bezaubernden Wirkungskraft seiner unzähligen Geschichten erkannte Friederich, daß mit ihm ein Austausch ohne Rücksichtnahme auf geistige und charakterliche Andersartigkeit oder Beschränktheit möglich war. Er brauchte einen Gedanken nur anzudeuten und merkte sogleich, daß dieser unverstümmelt und unverdreht Zugang fand. Und da er selbst eine wesensgleiche Empfänglichkeit an den Tag legte, konnte ein jeder mühelos die Gespräche des anderen fortführen und bereichern, wobei in diesem Wechselspiel etwas entstand, das einem selbständig sich entwickelnden Lebewesen glich.

Friederich gab sein Philosophiestudium auf, weil er mit unumstößlicher Sicherheit erkannte, daß er die Wahrheit nicht dort, sondern nur mit diesem Menschen finden konnte. Wohin sie das Leben führen würde, war nicht vorherzusehen, doch daß ihre Wege sich, entgegen den allgemeinen statistischen Tendenzen, nicht wieder trennen sollten, darüber bestand kein Zweifel.

Gleich am ersten Tag hatte Franzi ihm eine Frage gestellt. Eine Frage, die Friederich tief berührt hatte und ihm sogleich ein Beweis ihrer geistigen Verwandtschaft gewesen war.

„Wärest du bereit zu sterben, wenn sich dein Leben als nicht lebenswert erwiese?" hatte Franzi gefragt. Und obwohl Friederich sich dieses Problem nie zuvor in solcher Form gestellt hatte, hatte er begriffen und unerschrocken bejaht.

Dieser Satz, der einem Glaubensbekenntnis gleichkam, barg jedoch eine Bedeutung in sich, mit der Friederich erst einige Zeit später konfrontiert wurde, als die uneingeschränkte Euphorie den Anforderungen des Tages Platz zu machen begann; als es darum ging, die beglückende Einigkeit in den geheimsten Wünschen und die daraus erwachsende Klärung und Steigerung derselben in den Einsatz für ihre Verwirklichung zu verwandeln. Da stellte sich heraus, daß dieser Mensch, der in allen seinen Phantasieflügen eine Lebenslust ohnegleichen vermittelte, zweigeteilt war. Und es häuften sich die Stunden, in denen die Niedergeschlagenheit derart von ihm Besitz ergriff, daß er nur noch den Tod ersehnte.

Inzwischen nehmen ja bereits Analphabeten ungeniert

Begriffe wie „Trauma“, „Verdrängung“ oder „Phobie“ in den Mund. Und Friederich hatte überdies mit siebzehn Jahren die *Darstellungen der Psychoanalyse* von Freud gelesen und die darin geschilderte Aufdeckung psychischer Mechanismen wie eine wunderbare Offenbarung erlebt. Als er sich nun aber einer offensichtlichen seelischen Störung gegenüberfand, kam es ihm nicht einen Augenblick in den Sinn, sie als solche anzusehen.

Zu klar und überzeugend waren die Worte dieses Menschen, wenn Heiterkeit und Begeisterung ihn beherrschten; und wenn er ohne ersichtliche Ursache in seine abgrundtiefe Freudlosigkeit versank, so waren sie es nicht minder. Er wußte dann unsere Welt und die Lebensperspektiven darin mit solch scharfem Blick und unleugbaren Argumenten als häßlich, elend und hoffnungslos zu verdammen, daß Friederich beim besten Willen nichts einwenden konnte. Zum Troste der Wahrheit zu widersprechen war nicht seine Art und in diesem Fall auch gar nicht angebracht.

Es gab also einen Unterschied zwischen ihnen. Denn wenn Friederich auch den unbarmherzigen Urteilen dieses geliebten Menschen beipflichten mußte, so änderte dies nichts daran, daß er in sich selbst einen ebenso unbegreiflichen wie unbesorgten Drang zu leben verspürte. „Selbst wenn wir uns in ein armes, verlassenes Landhaus zurückziehen und unsere Tage nebeneinander liegend mit Träumereien verbringen würden, wäre das vollkommenes Glück für mich“, äußerte er einmal in seiner verzweifelten Hilflosigkeit. Worauf seine makellose Liebe mit erschütternd kindlichem Blick und gebrochenem Herzen erwiderte, sie sei nicht fürs Leben geschaffen.

Friederich kämpfte einsam, da er niemanden wußte, dem er sich anvertrauen und bei dem er auf Verständnis hätte hoffen können. Seine Gefühle, seine Intelligenz, seine ganze Erfindungsgabe verzehrten sich tagtäglich in dem

Versuch, das Unvermeidbare abzuwenden. Und oft, wenn der Schlaf das kostbare Geschöpf nach unsäglichen Qualen nachts mit sich forttrug und er im Zimmer auf und ab gehend ohnmächtig in die Zukunft blickte, wünschte er den Wahnsinn herbei, der ihn von diesem unerträglichen Hinundhergerissenwerden zwischen verheißungsvollen und vernichtenden Stunden befreit hätte.

Doch die Materie ist zäh und hat ihre eigenen Zeiten.

Verschiedene Unternehmungen, um sich eine akzeptable Existenzbasis zu schaffen, schlugen fehl und schwächten zunehmend die nur von einem lebhaften Vorstellungsvermögen aufrechterhaltenen Abwehrkräfte. Andererseits bot die von unsinnigem, schonungslosem Wettbewerb geprägte Umwelt, in der Resignation mehr und mehr die einzige menschliche Reaktion darstellte, wenig tröstliche Bilder.

Und an einem sanften Herbstabend – als mit der zynischen Antwort eines bekannten Regisseurs, dem sie in Anbetracht eines schätzenswerten Jugendwerks ein Drehbuch geschickt hatten, wieder einmal der letzte Faden gerissen war – beschwor Franzi den Freund wie nie zuvor, sie sollten gemeinsam in den Tod gehen. In dem ruhigen, unschuldigen Flehen schwang eine derart tief empfundene Schicksalsverbundenheit mit, daß Friederich einen Augenblick versucht war, dieser Sehnsucht nach Frieden nachzugeben.

Gleichzeitig aber bäumte sich etwas in ihm auf. Er fühlte in sich eine grenzenlose Kraft, dem *Feind* zu trotzen, und wenn er den unersetzlichen Menschen wirklich verlieren sollte, so würde er diese Grausamkeit rächen müssen.

Einige Monate später fand er bei seiner Rückkehr von einem Besuch zu Hause das selig entschlafene Kind, wärmesuchend unter einem leichten, durchbrochenen Plaid zusammengekauert, mit einem angebissenen Apfel in der

Hand.

Vieles von dem, was zu zweien erstrebenswert und möglich erschienen war, verblaßte in den folgenden Jahren.

Sei es, daß er die Erinnerung an jene heilige Freundschaft nicht antasten wollte, sei es, daß ein wahrhaft schöpferisches Dasein in unseren Tagen allein gar nicht mehr vorstellbar war, Friederich stürzte sich wieder in ein Studium. Zufall oder Instinkt hatten ihn nach dem bereits vergilbten Taschenbuch greifen lassen, das er mit siebzehn voll ahnungsloser Bewunderung verschlungen hatte, und sein Beschluß, in die Geheimnisse der Psyche einzudringen, war schnell gefaßt.

Als er sich nun in die vielseitigen, wenngleich großteils recht eigenwilligen, um nicht zu sagen willkürlichen Produktionen der Meister vertiefte, überfiel ihn zuweilen – wie konnte es anders sein – der Schrecken, sein Liebstes hätte gerettet werden können, wenn es rechtzeitig einem erfahrenen Seelenarzt zugeführt worden wäre.

Aber hatten Franzis außerordentlicher Stolz und Scharfsinn es nicht vermocht, ihm sogar die offenkundigsten Symptome seines Leidens unter dem Anschein rein existentieller Unduldsamkeit zu verbergen? Und wenn Friederich auch, wie er sich wohl erinnerte, in seiner Bedrängnis manchmal der Zweifel gestreift hatte, ob nicht bei einem Arzt Hilfe zu suchen sei, so hatte er diesen doch stets rasch wieder verworfen, weil eine innere Stimme ihm sagte, ein solcher hätte bei diesem Menschen leicht noch größeren Schaden anrichten können. Und so eigensinnig es klingen mag: diese damals intuitive Überzeugung festigte sich in den Jahren, nach zahlreichen Begegnungen mit lebenden und verstorbenen Kollegen, nur noch mehr.

Je anspruchsvoller ein psychisch Verletzter sich selbst gegenüber war, je mehr sein gerechtes Selbstbewußtsein auf seelischem Reichtum und geistiger Freiheit beruhte, um so leichter konnte ein unbeholfener Fehlschritt des Therapeuten, eine nicht durch hervorragende menschliche Eigenschaften gerechtfertigte, sondern allein auf die gegebene Rollenverteilung gestützte Autoritätsausübung Verwirrung stiften und alte Wunden aufreißen. Und die meisten auf diesem Gebiet Tätigen waren nun einmal ziemlich gewöhnliche Erdbewohner.

Dr. Güthlin hatte von Anfang an seine Arbeit als Psychoanalytiker und -therapeut auf besonders akute, oftmals am Rande zur Kriminalität liegende Fälle beschränkt. Zum einen sah er seinen Beruf insgeheim als eine Gelegenheit, sich wenigstens teilweise von der Last der einstigen Niederlage gegen den Tod zu befreien. Zum anderen hatte er bereits in seiner Lehrzeit die Entdeckung gemacht, daß Selbstmordkandidaten und gefühlsmäßig unbeherrschte Neurotiker meist eine viel ausgeprägtere und unvorhersehbarere Menschlichkeit besaßen als etwa mehr oder weniger anpassungsfähige Bankangestellte, Sozialarbeiter oder Hausfrauen. Und diese Tatsache war ihm eine unverzichtbare Voraussetzung für ein ehrliches Interesse an ihren Schicksalen.

Sechzehn Jahre lang hatte Dr. Güthlin seinen Beruf, den er im Grunde gar nicht als solchen betrachtete, ausgeübt. Da er sich in der Regel nicht mehr als fünf Jugendlichen widmete (seine Patienten waren selten älter als dreißig), konnte er sich ernsthaft und eingehend mit ihnen befassen. Und manchmal war es ihm, als böten sie ihm in schillernden Einzelstücken einen Ersatz für sein eigenes versäumtes Leben.

In letzter Zeit hatte er allerdings feststellen müssen, wie der Phantasiekreis der psychisch Kranken sich immer mehr verengte und die Ängste und Alpträume bei einigen immer ausschließlicher durch die von den Medien vorgegebenen Verhaltensmuster und Horrorbilder gekennzeichnet waren. Dies machte nicht nur die Arbeit unbefriedigender, in gewissen Fällen schienen die herkömmlichen Mittel der Analyse zu versagen, da die seelischen Verirrungen nicht mehr eindeutig auf zwischenmenschliche Beziehungen zurückzuführen waren.

Dr. Güthlin bereitete diese Entwicklung Sorge, ja sie bedrückte ihn oft stark. Aber wie wir Veränderungen in einer Person oder Stadt im ganzen kaum wahrnehmen, wenn wir diese täglich vor Augen haben, so hatte er sich bisher, trotz manchem Kopfschütteln und wachsendem Unbehagen, mit solchen Entfremdungserscheinungen bei seinen Patienten, wenn schon nicht angefreundet, so doch wenigstens abgefunden.

Vor einer Woche nun hatte ein geschätzter Kollege ihn gebeten, vorübergehend in einem dringenden Fall auszuhelfen. Es handelte sich um einen, wie er sagte, geistig und emotional zurückgebliebenen Sechzehnjährigen, einen dummen Tropf, der sich jedoch von einem Primitiven dadurch unterschied, daß er vor absolut gar nichts Respekt hatte und scheinbar grundlos aggressiv werden konnte. Da er schon mehrmals mit einer Gruppe Gleichgesinnter Gewalttätigkeiten verübt hatte, bei denen unter anderem ein zehnjähriger Schüler beinahe zu Tod gequält worden war, hatten die Eltern auf Druck von oben beschlossen, ihn von einem Psychologen durchchecken zu lassen.

Dr. Güthlin wollte damit eigentlich nichts zu tun haben, aber der Kollege hatte ihm in der Vergangenheit manchen Gefallen erwiesen und außerdem versichert, in zwei Wochen würde er die Sache selbst übernehmen

Vorgestern war Jeff, von seinem Vater begleitet, der gleich wieder gegangen war, und augenscheinlich gegen den eigenen Willen, das erste Mal bei ihm erschienen, und Dr. Güthlin hatte sich knapp dreißig Minuten lang bemüht, mit allen ihm zur Verfügung stehenden Kunstgriffen Zugang zu dem Jungen zu finden. Doch schließlich hatte er die Therapiestunde abbrechen müssen, da ihn die blöde Unverschämtheit seines Gegenübers, ungeachtet der langjährigen Erfahrung, geradezu herausforderte, handgreiflich zu werden, und er lästige Komplikationen vermeiden wollte.

Jeff hatte die Praxis mit einem gehässigen: „War wohl nichts?!" verlassen und, wie ein Fußgänger später erzählte, beim Heraustreten aus dem Tor mit Absicht oder aus Unachtsamkeit, das war schwer auszumachen, die heimkehrende, ihm unbekannte Frau Güthlin gerempelt. Als die beinahe zu Fall gekommene Alte ihn mit den Worten zurechtgewiesen hatte: „Kannst du nicht achtgeben, du Lümmel", hatte er einen schräg an der Hauswand lehnenden Stock, der auf die Gefahr von Dachlawinen hinwies, ergriffen und ihr mit drei heftigen Schlägen das Kreuz gebrochen. Das Holz einem schreienden Mann entgegenschleudernd, war er davongelaufen.

V

In seinen Studienjahren und vor allem später, durch die Erfahrungen mit seinen Patienten, hatte Dr. Güthlin gelernt, daß es kein Gut oder Böse gibt, das dem freien Willen des Menschen unterliegt – wie es uns etwa das Christentum lehrt.

Sicher konnten hinreichende Autorität und Strafandrohung die Einhaltung bestimmter Regeln, wie: ‚Du sollst nicht lügen' oder ‚Du sollst nicht töten', weitgehend durchsetzen. Und wahrscheinlich war es, nachdem List und Hinterlist bei unseren Urahnen ein gewisses Maß überschritten hatten, auch unerläßlich gewesen, per Gesetz festzulegen, daß im allgemeinen nicht betrogen und gemordet werden durfte; wenn man sich auf nichts und niemanden mehr verlassen konnte, beschränkte sich unser Dasein auf einen recht entnervenden, unwirtschaftlichen Kampf ums nackte Überleben.

Die Einhaltung dieser Regeln jedoch als das Gute hinzustellen, für das man sich noch dazu jederzeit frei entscheiden konnte, war schlicht lächerlich. Nicht nur, weil es in manchen Fällen einfach besser war, zu lügen und zu töten, nicht nur, weil bestimmte Individuen unter gegebenen Umständen gar nicht die Muße hatten, über die Sittlichkeit ihrer Handlungen nachzudenken, sondern zunächst einmal, weil das *Gute* und das *Böse* als klar definierbare Eigenschaften eine Erfindung unseres haltsuchenden Verstandes waren.

Einen guten oder schlechten Menschen mußte man erleben, um sich ein sicheres Urteil über ihn bilden zu können, so wie man gute oder schlechte Musik mit den eigenen Ohren hören mußte. Auf Worte, Begriffe oder Gesetzmäßigkeiten war da wenig Verlaß.

Dr. Güthlin hatte sich jahrelang damit begnügt, geistig Kranken jene Angewohnheiten ablegen zu lassen, die ihnen das Leben erschwerten. Natürlich konnte ihn zuweilen auch ein verborgenes Mitgefühl für die Leiden oder Widerwillen gegen die Verderbtheit des einen oder anderen erfassen. Doch im Grunde bestanden seine Aufgabe und seine Befriedigung darin, pathologische Zusammenhänge aufzudecken, die zu unausweichlich sich wiederholenden, schädlichen Verhaltensweisen führten. Seine Patienten waren für ihn in erster Linie Studienobjekte.

Was die übrige Menschheit betraf, hatte ihn der Wandel der Moden und politischen Konstellationen nie sonderlich beschäftigt. Er war in seinem kleinen Kosmos ganz von den Einzelschicksalen der sich ihm Anvertrauten eingenommen, die Außenwelt betrachtete er wie ein fernes, fremdes Schauspiel. Und daß Diana und Charles nicht mehr kopulierten, die Waffenindustrie sich in einer tiefen Talsohle befand und die Diebstähle in den Städten hoffnungslos zunahmen, war ihm ziemlich einerlei.

Mit dem Tod seiner Mutter und der Aufgabe der Praxis hatte sich da einiges geändert.

Der klare Rahmen seiner streng geregelten Existenz, in dem die liebevolle Gegenwart der weisen Frau und ihre unermüdliche Fürsorge eine Selbstverständlichkeit gewesen waren und eine wichtige Stütze seines freien, abenteuerlichen Wirkens im Reich der Psyche gebildet hatten, dieser

Rahmen war ohne jede Vorwarnung zusammengebrochen. Friederich war es, als habe eine ungeahnte, unberechenbare Macht ihm alles genommen, was bis dahin sein Tun und Denken ermöglicht hatte. Als habe er plötzlich kein Zuhause mehr und sei infolgedessen auch nicht mehr in der Lage, seinen vielleicht nicht unentbehrlichen, aber doch anerkannten und irgendwie beruhigenden Beitrag zum Gemeinwohl zu geben.

An eine Weiterführung der Praxis, so als müsse er sich nur von einem harten Schlag erholen, war nicht zu denken. Frau Güthlin war für ihn nicht nur eine Mutter im traditionellen Sinn gewesen, sondern die Person, der er sich geistig verwandt fühlte wie keiner anderen. Wenn es auch Meinungsverschiedenheiten geben mochte, so stimmten sie doch im Kern ihres Fühlens und Denkens überein. Und daraus hatte Friederich einen guten Teil jener Kraft geschöpft, die es ihm erlaubte, das stets vorhandene, unterschwellige Verlangen nach einem Ausbruch aus der gewohnten Ordnung im Zaum zu halten.

In den ersten Wochen nach dem Tod der Mutter litt er in einem Maße, daß er aus dem Wehklagen und Verzweifeln nicht herauskam. Mit grausamer Lebhaftigkeit quälte ihn die Erinnerung an ihre Güte und Charakterstärke, ihre kindliche Zuversicht und ihren Unternehmungsgeist. Und wenngleich er schon immer gewußt hatte, daß er sie einmal verlieren würde, verspürte er unversehens eine Einsamkeit, die jeden Lebensimpuls erstarren ließ.

Im übrigen empfand er zu tief die Bedeutung jener verhängnisvollen Gewalttat, als daß er sich Illusionen über die Wiederaufnahme seiner Tätigkeit als Therapeut hätte hingeben können. Zu klar hatte sie ihm das unaufhaltsame Fortschreiten einer von der klassischen Psychologie nicht vorgesehenen seelischen Entartung vor Augen geführt, der er sich nicht gewachsen fühlte und die ihn im Grunde abstieß.

Und während es heute gewissermaßen zum guten Ton gehört, in unserem kurzen Erdendasein mehrmalige Heimat- und gegebenenfalls Berufswechsel anstandslos hinzunehmen, ja diese sogar als Abwechslung und Bereicherung gutzuheißen, hatte Friederich in seiner unzeitgemäßen Geborgenheit solch tiefe Wurzeln geschlagen, daß ihm eine Verpflanzung in anderen Boden, ein Neuanfang, unvorstellbar erschien.

Sein Leben war auf einmal völlig bezuglos geworden. Und wenn er, sich von Brötchen und Ähnlichem ernährend, stundenlang verloren durch die Altstadt streunte, konnte er sich des Eindrucks nicht erwehren, daß alles um ihn herum ausgesprochen häßlich sei …

Natürlich hatten die Verkümmerung jeglichen Handwerks, die keinen Winkel verschonende Werbeflut, die ständig zunehmende passive Hektik seiner Mitbürger ihm schon früher einiges Unbehagen verursacht, vor allem an Tagen, an denen er unter ungünstigen Witterungsverhältnissen oder schlechter Laune litt. Wenn er aber jetzt die trostlose Hauptstraße entlangschritt, in der die Schaufenster der wichtigsten Kaufhäuser zwei langgestreckten Müllkippen glichen, fiel ihm diese Misere deutlicher denn je auf. Und manchmal fragte er sich, woran es liegen mochte, daß ihm die Leute, denen er begegnete, fast ausnahmslos ungepflegt, wenn nicht mißgebildet, unanständig und widerlich vorkamen? Ließen sich die charaktervolleren, besser gelungenen Menschentypen, von denen er eine klare Erinnerung bewahrte, nicht mehr in der Öffentlichkeit blicken? Gab es sie überhaupt noch?

Oder war es nur eine durch den schweren Verlust bedingte, erhöhte Reizbarkeit, die ihm alles entstellt erscheinen ließ und kleine Geschmacksverirrungen maßlos übertrieb? Solange die Welt für ihn noch in Ordnung gewesen war, hatte er doch nie groß auf die grellfarbigen, unförmigen Kleidungsstücke geachtet, die alles über die Selbstachtung ihrer Träger sagten ... während ihm dieser Anblick jetzt zutiefst mißfiel.

Schon bald mußte er sich damit abfinden, daß es sich um keine vorübergehende, subjektive Wahrnehmung handelte, die durch einen besonderen Gemütszustand hervorgerufen wurde. Und immer häufiger bemerkte er, wie die Häßlichkeit, die ihn auf Schritt und Tritt verfolgte, dem ursprünglichen Sinn des Wortes entsprechend, Haß in ihm erregte. Eine gänzlich neue Erfahrung für ihn.

Der Frühling kam, ohne daß sich an Friederichs planlosem Lebenswandel wesentlich etwas geändert hätte.

Eines Mittags saß er im Stadtpark vor einem der zwei Brunnen. Spatzen zwitscherten und zankten sich in den grünenden Hecken, und eine fahle Sonne beschien die verschiedenen Blumenbeete, deren sattes Lila und Weiß einen seltsamen Kontrast zu dem noch winterlichen Rundherum bildeten. Die föhnige Luft war erfüllt von schwirrenden Insekten.

Unser ein wenig verwahrlost wirkendes Schwergewicht, das mit dem zerzausten Schopf, dem langen Bart, der ausgebeulten braunen Hose und der grobmaschigen moosgrünen Weste eher in eine ländliche Umgebung gepaßt hätte, war in seiner augenscheinlichen Mattigkeit dankbar dem Einfluß der wohltuenden Wärme erlegen und döste mit ausgestreckten Gliedern auf der Holzbank vor sich hin.

Die Nacht hatte er damit zugebracht, einen Karton alter Photos durchzusehen, die er im ehemaligen Schlafzimmer der Eltern entdeckt hatte. Bilder von den Verwandten des Vaters, von der Jahrhundertwende bis zu seiner Hochzeit Anfang der dreißiger Jahre, als in der Familie Alben mit sorgfältigen Angaben von Daten und kurzen Erläuterungen zu den jeweils festgehaltenen Ereignissen eingeführt worden waren.

Mit Rührung hatte er die weihnachtlich dekorierte Papierhandlung seines Großvaters in der Maximilianstraße wiedererkannt. Auch einige Aufnahmen vom damaligen Landhaus der Güthlins, von der städtischen Marienkirche und dem Terrassencafe am Fluß hatten lebhafte Erinnerungen in ihm geweckt. Orte, an denen er in kindlicher Unbesorgtheit seine ersten bedeutenden Erfahrungen gemacht hatte.

Die meisten abgebildeten Damen und Herren, von den Kindern ganz zu schweigen, waren ihm jedoch unbekannt. Allein seine Mutter, die letzte aus der älteren Generation, hätte ihm noch zusammenhängend über die persönlichen Eigenarten und das Leben dieser Menschen berichten können. Über eine Welt, aus der er hervorgegangen war und von der er so wenig wußte.

Als Friederich dies vollends klargeworden war, hatte ihn von neuem ein maßloser Zorn über den unverzeihlichen, sinnlosen Mord gepackt. Mit schweren Schritten hatte er mehrmals das Zimmer durchmessen, um sich dann plötzlich wie toll zu gebärden, wild zu schimpfen und zu fluchen. Er hatte den feinen Bettüberzug der Großeltern zerrissen, einen Spiegel zertrümmert und immer wieder mit den Fäusten gedroht, bis er schließlich ohnmächtig klagend in einen Sessel gesunken war …

Inzwischen war die Erregung einer unempfindlichen Apathie gewichen, und während er träge und von einem milden Lüftchen liebkost allen möglichen belanglosen Gedanken nachhing, versuchte er hin und wieder, sich der verbliebenen Verwandten zu entsinnen, die ihm vielleicht noch einzelne Auskünfte über die Leute auf den Photos geben konnten.

Da kam ein ausgezehrter Arbeiter mittleren Alters auf

dem Kiesweg daher. Seine von Krampfadern gezeichneten Beine steckten in schlotternden, bunten Bermudas, die Füße in schmutzigen, weißen Turnstiefeln. Über der eingefallenen Brust und dem kleinen, vorstehenden Bierbauch trug er ein weites Hemd mit zwei barbusigen Frauen am Palmenstrand und der Aufschrift *Hawaii*. Die von einem zottigen Haarkranz gesäumte Glatze schmückte ein Kopfhörer.

So wie er hergerichtet war und da er sich offensichtlich kein bißchen schämte, hätte man ihn für einen Idioten halten können. Und damit wäre die Sache erledigt gewesen.

Unser zufälliger Zuschauer erkannte aber nur zu gut, daß er keinen jener ‚Armen im Geiste' vor sich hatte, ‚deren das Himmelreich ist', und ein bohrender Unwille begann sich in ihm zu regen.

Friederich, der sich nach Franzis Tod immer mehr in die Welt seiner Gedanken und seiner Bücher zurückgezogen hatte, der bis vor kurzem im vertrauten Familienhaus und einer ungebundenen Tätigkeit Schutz gefunden hatte, genügte inzwischen eine solche Erscheinung, um sich dem allseits sich aufdrängenden Chaos wehrlos ausgeliefert zu fühlen.

Die unmögliche Gestalt war gerade in die Hauptallee abgebogen und in dem ständig wachsenden Besucherstrom untergetaucht, als sich aus derselben Richtung eine kleine, rundliche Frau um die Sechzig näherte. Reichlich geschminkt, trug sie große, getönte Augengläser auf den fetten Wangen, während das zu einem Zopf zusammengefaßte blondgefärbte Haar schwer auf ihrem gewölbten Rükken tanzte. Das seidenähnliche Kleid mit geometrischem, goldgelbem Muster war oben und unten aufgeknöpft, um eine gute Portion der fülligen Brüste und Schenkel zur Schau zu stellen. In solchem Aufzug ruderte das selbstbewußte Geschöpf mit abstehenden Armen und entschlossenem Schritt durch die Gegend, in der rechten Hand ein Luftkissenkuvert schwenkend, auf dem *Modern Design System* zu lesen war.

Ein Blick genügte, um sich zu vergewissern, daß die Frau weder adeliger Herkunft war noch irgendwelche bemerkenswerte Verdienste aufzuweisen hatte. Wovon nährte sich also ihre alberne Aufgeblasenheit?

Friederich runzelte die Stirn. Und als er den komischen Vogel dann jenseits des Gartengitters in ein Golf-Cabrio hopsen und mit einem gewagten Manöver davonbrausen sah, zog er eine Grimasse …

Wieder war es die ganze Erscheinung, die feindselige Gefühle in ihm erweckte, nicht ein besonderes Detail.

In der Schule hatte der Musiklehrer einmal gezeigt, wie bei Beethoven eine im richtigen Augenblick aufklingende Dissonanz einen ungeahnten Reiz ausüben kann. Und später hatte Friederich Komponisten kennengelernt, die sich für ihre klassischen Vorgänger unvorstellbare Freiheiten geleistet und Werke hervorgebracht hatten, aus denen jegliche rhythmische und harmonische Regelmäßigkeit verbannt zu sein schien und in denen dennoch erhabene menschliche Gefühle mit naturähnlichen Klängen derart wetteiferten und zusammenspielten, daß auch ein ungeschultes Ohr sein Entzücken daran haben konnte.

Stand eine Dissonanz aber allein, oder schlimmer, handelte es sich um ein lärmendes Gemisch von Dissonanzen und waren diese unartikulierten Äußerungen nicht Ausdruck eines verzweifelten Vernunftverlustes, sondern von rechthaberischer Anmaßung geprägt, so war es nur recht und billig, daß selbst ein im Verständnis für den Nächsten geübter Mensch sich unduldsam zeigte.

Trotz dieser plausiblen Rechtfertigung überfielen Friederich die gleichen Zweifel wie so oft in den letzten Wochen … Hatte er sich vielleicht wieder die erstbesten

Opfer ausgesucht, um an ihnen seinen persönlichen Mißmut auszulassen? Konnte er den Herrn und die Dame nicht als im eintönigen Alltag willkommene Originale ansehen, über die sich gutherzig lachen ließ?

Nein! So simpel war der spontanen Irritation, die sie in ihm hervorgerufen hatten, ohne ihm etwas anzutun, ohne ein Wort an ihn zu richten, ja ohne ihn eigentlich überhaupt wahrzunehmen, nicht beizukommen. Und um sich nicht erneut in eine ausweg- und fruchtlose Misanthropie hineinzusteigern, schlug er die *Geschichte der Möbelkunst* auf, die er sich am Morgen in der Stadtbücherei besorgt hatte.

An dem schmalen, spitzgiebeligen Haus zwischen den zwei gläsernen Büroblocks, das er von seinen Eltern geerbt hatte und für dessen Abriß ihm verschiedene Immobilienfirmen bereits eine Menge Geld geboten hatten, waren die Jahrzehnte nicht unbemerkt vorübergegangen. Und wenn Friederich jetzt diese Feststellung machte (früher hatte er sich kaum darum gekümmert), so meinte er damit weniger die Fassade oder die abblätternden Fensterstöcke, sondern vor allem die Innenausstattung. Als Begleiterscheinung des Wirtschaftwunders hatten sich zwischen den schon immer dagewesenen Schränken, Kommoden, Kredenzen, Tischen und Stühlen, die, ohne von einem Sachverständigen zusammengestellt worden zu sein, eine würdige Umgebung schufen, primitiv-gemütliche Polstersessel und einige jener antikisierenden Möbel eingenistet, die inzwischen weltweit jeden billigen Hunger nach Luxus stillen. Alles schäbiges Zeug, das nicht nur zu den stattlichen Stuckornamenten der Deckenränder in krassem Widerspruch stand und das bei nächster Gelegenheit verschwinden und ersetzt werden sollte.

Wie er nun in dem Buch blätterte, um etwas Passendes zu finden, machte Friederich die überraschende Entdekkung, daß schon unsere Vorfahren zum Teil haarsträubendes Mobiliar besessen hatten. Stücke, für deren Herstellung gewiß nicht selten ungewöhnliches Geschick und sehr viel Zeit und Geduld nötig gewesen waren, die aber wenn möglich noch abstoßender wirkten als der zerlegbare Getränkewagen in seinem Wohnzimmer.

Natürlich verfügte er über eine hinreichende Allgemeinbildung, um zu wissen, daß die Menschheit in den verschiedenen Künsten nur ausnahmsweise Werke von zeitloser Schönheit hervorgebracht hatte. Ein Großteil all dessen, was in Museen und Bibliotheken aufbewahrt wurde, mochte als historisches Zeugnis Bedeutung haben, von einem ästhetischen Gesichtspunkt aus betrachtet, wäre ein Verlust nicht weiter beklagenswert gewesen.

Allein, die Tatsache, daß zeitlose Schönheit überhaupt existierte, warf die Frage auf, wie Herrschaften, denen noch wahre Handwerker zur Verfügung standen und die nicht eng kalkulieren mußten, solch gräßliche Möbelstücke in ihren vier Wänden ertragen konnten.

Im äußerst raren Sich-Durchsetzen des guten Geschmacks die Erklärung zu sehen, gab keinen Sinn …

Der schrille Schrei eines vielleicht dreijährigen Kindes, dessen Mutter auf einer nahen Bank Platz genommen hatte, ließ Friederich hochschrecken. Der Knirps, dessen längliche, kurzgeschorene Birne mit einem Zöpfchen und einem Ohrring geschmückt war, wollte auf allen vieren zum Brunnen krabbeln, und da ihn die Frau an seinem T-Shirt, das ihn als Fan der *Chicago-Bulls* ausgab, festhielt, brüllte er aus vollem Hals, indem er sich wütend loszureißen suchte.

„Boris, wenn du auf dem Blumenbeet herumtrampelst, muß Mama Strafe zahlen“, belehrte sie ihn und zog mit der freien Hand ihren reichlich kurzen, elastischen Rock nach vorn, da sie sich beobachtet fühlte.

Boris schien schwerhörig oder begriffsstutzig zu sein, denn er trommelte mit den Fäusten auf den Arm der

Mutter und zeterte dabei in einem künstlichen kindisch-trotzigen Ton: „Ich will im Wasser plantschen! Im Wasser plantschen! Ich will plantschen!“ bis die geplagte Frau ihn – nachdem sie ihm einen tödlichen Blick zugeworfen hatte – über die eben erst gesprossenen Hyazinthen zum Beckenrand hinüberhob …

Würde nicht selbst in unserem Jahrhundert, das von Geschmacklosigkeit gegeißelt war wie kaum ein anderes, jeder ehrliche Mensch mühelos anerkennen, daß Michelangelos *Pietà* eine unvergängliche, jedes Naturwunder übertreffende Anmut besaß, während ein abstrakter Stein von Henry Moore gleichgültiger ließ als jedes von Wind und Wasser modellierte Felsenriff? versuchte Friederich den abgerissenen Faden wiederaufzunehmen. Wenn der Homo sapiens aber im Laufe seiner Geschichte genügend Kunstwerke gesammelt hatte, die als Orientierungshilfen dienen konnten, wie kam es dann, daß immer wieder das Häßliche die Oberhand gewann? …

„Schau, Mama, die Fische küssen sich!“ schrie Boris plötzlich mit einer völlig übertriebenen, Aufmerksamkeit heischenden Begeisterung.

„Gib acht, daß du nicht reinfällst“, entgegnete die Mutter, die leicht vorgebeugt stehengeblieben war, sarkastisch, da sie ihren Liebling aufgeregt und unbeholfen hin- und herwackeln sah. „Und mach dich nicht naß!“ heulte sie einen Augenblick später auf, als er wild und unsinnig auf das Wasser zu schlagen begann. Wiederum schien Boris schwer von Begriff zu sein, so daß die Mama ihn schließlich etwas grob von hinten packte und zur Bank zurücktrug. Und da er gleich wieder stumpfsinnig zum Brunnen laufen wollte und sie ihn am T-Shirt festhielt, brüllte er wie am Spieß.

Friederich verfolgte die Szene ungläubig.

„Komm, Boris, sei lieb. Du kriegst ein Hörnchen mit

Vanillecreme“, sagte die Mutter besänftigend. Er wandte sich sofort dem neuen Angebot zu. Am Boden hockend, die Hände und den Mund mit Creme beschmiert, warf er schon bald den herbeieilenden Spatzen kleine Stücke zu, wobei seine gellenden Jubelrufe die Vögel zurücktrieben, was ihn zur mechanischen Wiederholung dieses Kunststückes veranlaßte, bis er es leid war und den Rest des Hörnchens in weitem Bogen von sich warf. Die Mutter ging es aufheben und brachte es brav zum Abfallkorb.

Derweil hatte das Söhnchen sich breitbeinig vor Friederich aufgestellt und mit einem impertinent-blöden Gesichtsausdruck und einer Faust vor den Lippen, die ein Mikrophon oder eine Trompete darstellen sollte, begonnen, unbestimmte Laute von sich zu geben. Die Tatsache, daß ihn der unfreiwillige Zuhörer nicht freundlich betrachtete, schien ihn kein bißchen zu stören. Die Frau schaute anfangs leicht verunsichert herüber, doch als sie des Mannes wenig entgegenkommende Miene bemerkte, wurde die ihre sogleich herausfordernd. Und erst nachdem sie Boris lange genug hatte gewähren lassen, hielt sie es für angebracht, ihm eine neue Beschäftigung zu finden.

Sie holte Eimer, Schaufel und Förmchen aus ihrer Cordtasche und ermunterte den Kleinen, damit zu spielen. Es bedurfte unzähliger monotoner Aufforderungen, ehe er plötzlich reagierte, zu seiner Bank zurückrannte und dort mit hektischen Bewegungen versuchte, aus dem feinen Kies Küchlein zu backen. Das wollte nicht gelingen, und so warf er die bunten Plastikformen verärgert zu Boden, stampfte mit den Füßen und plärrte seine Mutter an: „Mamaaa, geht niiicht!“

Diese sah gelangweilt und abwesend hin, kam endlich süßsauer lächelnd zu sich und erklärte, indem sie sich neben ihm hinkniete und das Schäufelchen ergriff: „Jetzt nehmen wir ein wenig von der Erde aus dem Blumenbeet, und am Schluß bringen wir alles wieder in Ordnung … Schau, wie weich die ist. Damit kannst du wunderschöne Herzchen machen …“ Boris hatte ihr bereits mit einem Schrei die Form aus der Hand gerissen.

Eine Zeitlang bewunderte sie willig seine Produktion, ließ sich ein Erdenherz in die linke und ein weiteres in die rechte Hand drücken, tat bezaubert und dankte immer wieder, was er großzügig akzeptierte. Die trügerische Idylle währte allerdings nur kurz. Schon bald mußte sie sich hastig saubermachen und aufrappeln, um ihn einzufangen, da er sich den Kübel geschnappt hatte und Wasser holen wollte. Es folgte das übliche Gezeter, Mama erklärte sich bereit, den Kübel zu füllen, Boris war damit nicht einverstanden und schrie so lange, bis er hinüber- und wieder herübergehoben wurde.

Schon allein aus akustischen Gründen zerrte das ganze Spektakel an Friederichs Nerven. Und in Wahrheit hatte er sich gleich zu Beginn in Sicherheit bringen wollen, war dann aber doch geblieben, weil er sich nicht einfach verjagen lassen wollte. Nun harrte er immer noch aus, als erwarte er eine entscheidende, erleuchtende Szene in dem unglaublichen Duett, das sich da vor seinen Augen abspielte.

Mutter und Kind, dieses von Malern und Dichtern oft verwendete Motiv, fielen ihm, je länger er sie beobachtete, desto mehr durch ihre jeder herkömmlichen Vorstellung widersprechende Unnatürlichkeit auf. Er benahm sich in keiner Weise wie ein Kind, und Jesus, der gesagt haben soll ‚Lasset die Kindlein zu mir kommen’, hätte dieses zweifellos zurückgewiesen. Sie, die Mutter, konnte demzufolge ebenfalls keine solche sein, machte sich aber offenbar nicht das geringste daraus.

Hätte Friederich in der jungen Frau wenigstens ein Opfer des ungezogenen Kindes sehen können! Auf einem

Spielplatz hatte er erst kürzlich einen südländischen Klein-Macho erlebt, der sich gegenüber seiner Mutter aufführte, als sei er zumindest ihr allmächtiger Ehemann. Doch jener nicht gerade sympathische Zwerg hatte keine derartige Abneigung in ihm erregt wie dieser Boris.

Die beiden hier schienen sich im Grunde einig zu sein in ihrer selbstsicheren Identitätslosigkeit. Ein oberflächlicher Konflikt ergab sich allein dadurch, daß die Erwachsene um die lästigen Folgen gewisser Handlungen wußte, während der Dreijährige wahrscheinlich ahnte, daß er sich alles erlauben konnte.

„Wenn du keine Ruhe gibst, gehn wir nach Haus!" drohte sie jetzt, indem sie ihm gewaltsam die Nase putzte. Er gab ihr aus Versehen einen Tritt gegen das Schienbein, worauf sie ihn stöhnend losließ und er anfing, mit vollen Händen Kies in die Luft zu werfen. Dabei gab er von neuem so unerträgliche, kriegerische Laute von sich, daß Friederich sich endlich entschloß, das Feld zu räumen.

„Hör bitte auf, Boris, die Mama war gerade beim Friseur", bat sie den entfesselten Sohn in ihrer trotz allem unbegreiflichen, ausdruckslosen Geduld und suchte ihn mit einem Bonbon zu locken, indem sie Staub und Steinchen vom Kopf schüttelte. Der Kleine wollte sich aber offensichtlich nicht die Gelegenheit entgehen lassen, noch schnell den beleibten Herrn zu provozieren, bevor dieser seiner Wege ging.

Friederich, den der Wurf auf die Brust traf, blitzte Boris streng an und zischte: „Laß das!" Als er dessen verständnislosen, arroganten Blick bemerkte, trat er auf ihn zu und versetzte ihm, noch bevor sich das Kind wieder bücken konnte, zwei Ohrfeigen.

Nun herrschte erst einmal Stille. Boris mußte die Überraschung verdauen, und die noch mit der Säuberung ihres Haars beschäftigte Frau begreifen, was überhaupt vorgefallen war.

Bereits nach wenigen Sekunden jedoch wurde er von einem erschreckenden hysterischen Anfall heimgesucht, während sie sich solidarisch zu ihm gesellte und entrüstet kreischte: „Du hast wohl nicht alle Tassen im Schrank?!! Was fällt dir ein … wenn du kinderfeindlich bist, geh gefälligst woanders hin!! „

Friederich, der vor Aufregung bebte, entfernte sich etwas überstürzt, als fürchte er, in eine unangenehme Geschichte hineingezogen zu werden.

VI

Seit Minze bei den Güthlins wohnte, ging sie zuweilen, wenn sie unter Leuten sein und deren Unterhaltungen lauschen wollte, ins *Café Journal*. Der Besitzer mochte sie, und auch die Gäste hatten nichts dagegen, wenn sie sich auf die Rückenlehne ihres Sessels oder Sofas hockte.

Die Atmosphäre dieses weitläufigen Lokals mit seiner dunklen Holztäfelung, dem langen Tresen im Hintergrund und den zahlreichen an Wänden, gußeisernen Säulen und Decke angebrachten Ozeandampferrequisiten war angenehm und zog ein sehr vielfältiges Publikum an. Was auch daran lag, daß von der etwa dreißig Jahre zuvor fertiggestellten und gewiß nicht denkmalschutzwürdigen Einrichtung, trotz des geringen Alters, bereits ein inzwischen äußerst seltener Hauch von Ablagerung und Solidität ausging, der durch die freizügige Verteilung der durchwegs lederbezogenen Sitzgelegenheiten noch verstärkt wurde.

Bei leisem Jazz konnte man hier Zeitungen aus aller Welt lesen und, vermied man die überfüllten Abendstunden, sogar ungestört einer ernsteren Lektüre nachgehen.

Unsere Katze hatte in ihrem neuen Domizil wenig Umgang mit Büchern, nicht zuletzt, weil es ihr Schwierigkeiten bereitete, unbemerkt an welche heranzukommen und darin zu blättern. Doch war sie von ihrem ehrwürdigen Professor, der ihr Vater, Mutter und Lehrer zugleich gewesen war, soweit in vier europäische Sprachen eingeführt worden, daß sie im *Journal* problemlos ihre Nase in die Zeitungen der in- und ausländischen Besucher stecken konnte – dank ihres scharfen Blicks auch bei gedämpften Licht und auf beachtliche Entfernung.

Heute war nicht viel los. Trotz der bereits fortgeschrittenen Stunde erschien das Cafe, abgesehen von dem jungen Paar an der offenstehenden Fenster-Flügeltür, dem Italiener mit seinem *Corriere della Sera* und dem sein achtes Pils schlürfenden Herrn im lila Anzug, gänzlich leer und verlassen. Barkeeper und Bedienungen saßen weit zurück um den Personaltisch und vertrieben sich die Zeit mit Kartenspiel.

Wahrscheinlich hatten viele das milde Wetter für einen Ausflug ins Freie oder einfach für einen längeren Spaziergang am Fluß genützt. Auch Minze hatte in der Dämmerung zur Uferpromenade hinabsteigen wollen, um die frische, geruchsträchtige Abendluft dieses ersten wahren Frühlingstags zu genießen. Als sie jedoch an die Brüstung des Belvedere gelangt war, hatte der Anblick der unten sich drängenden Menge sie abgeschreckt. Die Lust an ursprünglichen Düften und geheimnisvollen Wassergeräuschen konnte man unter diesen Umständen vergessen. Da war es sinnvoller, die Gelegenheit zu nützen und das an der Hauptstraße liegende, etwas verräucherte Lokal aufzusuchen, welches an solchen Tagen, wenn vereinzelte Gäste sich in den weiten Räumen verloren und die träge Laue von draußen ungehindert Zugang fand, einen besonderen Reiz hatte.

Der Italiener war, wie gesagt, in seinen *Corriere* vertieft und kümmerte sich als alter Bekannter nicht weiter darum, als Minze hinter ihm Platz nahm. Inzwischen ließen sie alle Stammgäste des *Café Journal* in Frieden und wiesen bei Bedarf auch Unwissende darauf hin, daß die Katze es gar nicht liebte, von jedermann angefaßt und gehätschelt zu werden.

Nachdem sie sich ein wenig umgesehen hatte, schielte Minze in das ganzseitige Interview mit einem Philosophen, das der kraushaarige Italiener, der wie die meisten seiner Landsleute großen Wert auf ein elegantes Äußeres legte und daher beruflich schwer einzuordnen war, eingehend studierte. Er hob und schüttelte dabei immer wieder den Kopf, indem er mehr oder weniger verständliche, kurze Kommentare wie „Ist doch klar!“ oder „Dummkopf!“ von sich gab. Auf Italienisch, natürlich.

Dr. Lazzaronis Theorie, die dieser dem Journalisten auseinanderlegte, ging davon aus, daß die Städte im herkömmlichen Sinn – als Knotenpunkte nationalen und internationalen Güter- und Gedankenverkehrs, als schwebende Inseln innerhalb eines strengen sozialen Beziehungsgeflechts, wo der Geist frei von provinzieller Beschränktheit schweifen und Luftschlösser bauen konnte –, daß diese Städte in unserer Epoche systematisch vernichtet und zu Schaltzentralen eines landdeckenden Industrienetzes degradiert worden seien. Er, der Philosoph, hatte nun ein Modell erarbeitet, das, unter Berücksichtigung der neuen Verhältnisse, eine Wiederbelebung und Erhöhung der einstigen städtischen Werte ermöglichen sollte …

Wie immer, wenn es sich um längere Artikel handelte, wurde Minze des Interviews bald überdrüssig. Zuerst gähnte sie zweimal gehörig und streckte sich, wie um ihre Muskeln zu prüfen, dann sprang sie geschickt und fast lautlos über ein Tischchen zu Boden und begab sich mit erhobenem Schwanz zur Glasschale unter der Durchreiche, in die ein Kellner bei ihrem Erscheinen stilles Wasser mit einem Schuß Weißwein gegeben hatte.

Die vergangenen Städte, von denen der Philosoph schwärmte, hatte sie nicht kennengelernt. Doch während sie ihren Durst löschte, kam Minze der französische Roman in den Sinn, den sie noch kurz vor ihrer Übersiedlung in den Westen, kaum durch Schlaf und Mahlzeiten unterbrochen, in einem Zug gelesen hatte. In diesem Buch wurde Paris mittels der Erlebnisse eines zum Mann heranwachsenden Kindes geschildert; mittels einer wunderbaren Vielzahl immer neuer Entdeckungen und Begegnungen, die auf einer hundertjährigen Ansammlung, Wandlung und Überlagerung von Steinen und Gewächsen, Plätzen und Monumenten, Palästen und Geschäften, Kellern und Dachböden fußte und die in dem jungen Helden eine liebenswerte Lebendigkeit und eine unstillbare Unternehmungslust hervorriefen, welche sich unmittelbar auf den Leser übertrugen.

Nie zuvor hatte Minze bei Beendigung einer Lektüre in solchem Maße die schmerzliche Enttäuschung erfahren, daß mit der letzten Zeile alles vorbei sein sollte. Und noch Tage danach hatte sie sich im Geist zwischen den beschriebenen Orten und Gestalten bewegt, als hätte sie sie selbst erlebt.

Ob diese Stadt noch existierte? fragte sich die Katze, indem sie es sich nahe dem Herrn im lila Anzug auf einem Sofa bequem machte und auf die halbdunkle Straße hinausspähte. Und mit einem Mal hatte sie den Eindruck, das Lokal strahle heute ein wenig von jenem Großstadtzauber aus, den sie allein aus dem Roman kannte.

An der offenen Fenster-Flügeltür ging das Studentenpaar gerade einen Packen Photos durch, die er auf einer von der Zivilisation beinahe unberührten asiatischen Insel geschossen hatte. Wie zu vernehmen war, hatte er dort mehrere Tage, umgeben von Schlangen und Skorpionen, unweit vom Meeresstrand gezeltet – ein irres Gefühl! –, ehe er es doch vorgezogen hatte, sich nach Bangkok zu begeben ...

Kaum war die Bilder-Durchsicht erledigt, begannen die beiden, nach einigen schematischen Intimitäten, sich lang und breit über ihre Studienpläne auszulassen.

Minze wandte den Kopf zur anderen Seite. Und das war ein Fehler. Denn der Herr mit der gelbblau gestreiften Krawatte wußte zwar über ihre Allergie gegen unangebrachte Vertraulichkeiten Bescheid, doch hatte das in seinem augenblicklichen Zustand nicht viel zu bedeuten. Ihre Blicke trafen sich, und er benahm sich, als habe ihm eine Frau ein einladendes Augenzwinkern zugeworfen und ihn somit aufgefordert, sie mit seiner penetranten Fahne, unerwünschten Komplimenten und lästigem Betatschen zu beglücken.

Nun hatte Minze den Vorteil, daß sie nicht auf einen komplizierten menschlichen Verhaltenskodex Rücksicht zu nehmen brauchte. Sie konnte es sich erlauben, den Mann ohne lange Vorwarnung anzufauchen und schließlich sogar zu kratzen. Und wenn der dann, wie es tatsächlich geschah, aufbrauste, sie beschimpfte und schlagen wollte, konnte sie glücklicherweise mit der Aufmerksamkeit und der Vorurteilslosigkeit des Lokalbesitzers rechnen, der die Situation richtig einschätzte und den unmanierlichen Gast mit Hilfe zweier Bediensteter an die frische Luft setzte.

Erleichterung und Genugtuung zeichneten sich auf Minzes Gesicht ab. Und als der Italiener sich langsam umdrehte und ihr anerkennend zunickte, konnte sie ein Lächeln nicht unterdrücken. Einmal mehr hatte sich erwiesen, daß sie nicht zufällig das *Café Journal* für ihre unregelmäßigen Abstecher ins Reich der Menschen bevorzugte.

Der Großstadtzauber aber, von dem sie vorhin einen leichten Abglanz zu verspüren gemeint hatte, war verschwunden.

Gegen halb acht erschien der kleine, stets gut gelaunte Afghane mit der neuesten Ausgabe des städtischen Boulevardblattes, und da die spärliche Kundschaft kein Interesse zeigte, legte er das Exemplar fürs Lokal mit einer angedeuteten Verbeugung und einem ehrerbietigen „Madame!" neben Minze auf das Lederpolster, bevor er sich beim Personal mit einem melodischen „Schönen Abend" empfahl.

Der reißerische Titel auf der ersten Seite lautete diesmal: BÄRTIGER RIESE SCHLÄGT KIND KRANKENHAUSREIF.

Für gewöhnlich ließen Minze diese täglichen Schrekkensnachrichten ziemlich gleichgültig. Sie wußte inzwischen sehr wohl, daß sie nur der Auflagensteigerung dienten und in keinem Verhältnis zu den betreffenden Ereignissen standen. Heute aber fuhr sie beim Anblick der großen, schwarzen Lettern heftig zusammen. Dr. Güthlin war bei Sonnenuntergang ganz aufgelöst nach Hause zurückgekehrt, hatte zweieinhalb Gläser Wasser hinuntergespült und sich sogleich verschwitzt und atemlos auf die Suche nach einem Buch gemacht. Und obgleich sie sich weder darauf noch auf den Zeitungstitel, unter dem auf Seite 5 verwiesen wurde, einen Reim machen konnte, hatte sie doch eine böse Vorahnung. Behende schlug sie das Boulevardblatt zusammen, nahm es ins Maul – wie es ihre Erzfeinde manchmal taten, um dann dienerisch hinter den Herrchen herzustolzieren – und erreichte, geschützt von Tischen und Sitzen, das Freie.

Halbausgestreckt auf seinem wüst zugerichteten Bett, massierte Friederich sich die übereinandergeschlagenen, eingeschlafenen Beine, während seine Gedanken weiterhin um das unfaßbare Rätsel kreisten. Sein Hirn war ausgelaugt von unzähligen fruchtlosen Anläufen, doch hartnäckig, mit monotoner Undifferenziertheit drängte sich wieder und wieder dieselbe Frage auf: Wie konnte es sein, daß ein Kind sich nicht wie ein Kind benahm?

In seiner Erschütterung hatte er nach der Heimkehr gleich ein Werk über Kinderpsychologie hervorgeholt und über eine Stunde sinnlos darin herumgeblättert – denn er begann an der eigenen Zurechnungsfähigkeit zu zweifeln. Doch, wie zu erwarten, war dort nur von Anomalien die Rede, die das Kind als Kind kennzeichneten. Selbst wenn dieses sich hinter von Erwachsenen übernommenen Masken verbarg, verriet es sich alsbald durch eine Unschuld, die naturgemäß noch keine feste Form angenommen hatte.

Der Dreijährige, der Friederich am Vormittag so aus der Fassung gebracht hatte, war kein Kind! Jedenfalls nicht der Art, wie sie seit Adam und Eva in den Überlieferungen dargestellt wurden: als liebliche Geschöpfe, die in ihrem spontanen Forschen und Handeln ans Herz griffen, weil wir in ihnen uns selbst mit unserem noch ungebrochenen, unverdorbenen Lebenswillen erkannten. Und dieser Widerspruch in sich selbst – dieses Nicht-Kind-Sein eines Dreijährigen – konnte nicht unbesorgt als wissenschaftliche Merkwürdigkeit abgetan werden, denn ein Kind war nicht irgend etwas, sondern zu allen Zeiten der einzige greifbare Beweis, daß es sich lohnte, nach einem Glück auf Erden zu streben. Ohne diesen leuchtenden Wegweiser, der uns unwillkürlich an unsere Grundtugenden erinnerte, wäre die Zuversicht in den Nächsten und in einen Sinn des Lebens schon längst verlorengegangen.

Im Laufe der Jahre hatte Friederich – nicht nur unter seinen Patienten – eine galoppierende Schrumpfung der elementarsten geistigen Autonomie, der auf gesundem Menschenverstand basierenden Distanz zu den Phänomenen der Außenwelt beobachtet. Derart, daß ein musikalisch und technisch völlig unbegabter Milchbart, ohne mit der Wimper zu zucken, behaupten konnte, nicht mehr ohne Compact Disc auszukommen; während eine Tochter etwa die deprimierte, führerscheinlose Mutter mit den Worten zurechtweisen konnte, ihr Verzicht auf ein Automobil komme einer vorsätzlichen Isolierung gleich. War Friederich solchen Abnormitäten aber bisher mit Begriffen wie „Vermassung“ und „Warenallmacht“ begegnet, so sah er sich jetzt mit der Vollendung eines Prozesses konfrontiert, der nicht mehr mit allgemeinen Urteilen beizukommen war.

Mit anderen Worten: das, was er bisher hauptsächlich bei Jugendlichen bemerkt und als bedauernswerte Auswirkungen der Industriegesellschaft abgetan hatte, machte bei Boris, einem noch nicht schulpflichtigen Knaben, das A und 0 seines gesamten Erscheinungsbildes aus. Es handelte sich bei ihm nicht um begrenzte Zugeständnisse an Moden oder Trends, sondern um die Materie, aus der seine Seele ausschließlich geschaffen war.

Und wiederum stellte sich die Frage, wie ein Kind, das nach der Natur noch am Anfang seines geistig-körperlichen Wachstums stand, sich benehmen konnte, als sei es ein im wesentlichen voll ausgebildeter Mensch, dem niemand mehr etwas zu sagen hatte und der sich über gar nichts zu wundern brauchte.

Friederich drehte sich der Magen um bei dem Gedanken an eine solche Perversion.

Ein kritischer Leser wird an dieser Stelle vielleicht in Zweifel ziehen, daß Friederich bei der kurzen, übrigens in allen Einzelheiten wiedergegebenen Begegnung mit Boris so weitgehende Beobachtungen angestellt haben könne; ja daß sich ein dermaßen minderjähriger Junge überhaupt dazu eigne, so krasse Eindrücke und Reaktionen hervorzurufen.

Aber gibt es nicht eine wahrscheinlich unerforschbare Gehirnfunktion, die den Namen Intuition trägt und uns erlaubt, Erkenntnisse zu gewinnen, ohne vorher die von einem rationalen Gesichtspunkt aus erforderlichen Elemente gesammelt und Zwischenschritte durchlaufen zu haben? Jeder kennt die große Verläßlichkeit instinktiver Sympathien und Antipathien. Ebenso können auch physikalische und mathematische Probleme intuitiv gelöst werden, noch bevor eine experimentelle und rechnerische Beweisführung vorliegt.

Friederich genügte das wenige, was er erlebt hatte, um zu wissen, wer der kleine Boris war. Zu markant und eindeutig waren die Zeichen, als daß der Zufall noch einen entscheidenden Einfluß auf seine weitere Entwicklung hätte nehmen können. Und mit Schaudern betrachtete er die Aussicht, daß dieser sich weltweit durchsetzende Menschentypus, dieser Unmensch, eines nicht mehr allzu fernen Tages den Großteil jener Generationen abgelöst haben würde, mit deren Vertretern jetzt noch ein halbwegs normales Wort zu wechseln war.

Der einstige Rettungsanker vieler hilfloser Psychopathen hatte das Gefühl, den Boden unter den Füßen zu verlieren. Und zu den übrigen Gründen seiner angstvollen Unruhe gesellte sich die Sorge um die Unberechenbarkeit der eigenen Gemütsausbrüche, von der er im Park eine hinreichende Kostprobe geliefert hatte. Am Horizont tauchte bereits die Wahnvorstellung auf, er könne durch seine Unbeherrschtheit eine gesellschaftliche Gewalt herausfordern, deren mitleidlose Anonymität ihm von Berufs wegen hinlänglich bekannt war.

Als kurz nach halb acht jemand am Haustor klingelte, fuhr Friederich zusammen. Sein erster Gedanke war: die Polizei.

Einen Augenblick schaute er sich gehetzt um, wie auf der Suche nach einem Entkommen, ehe er bitter grinsend das Hemd in die Hose steckte und das Zimmer verließ. Auf der letzten Stiegenrampe fiel ihm ein, daß er vorhin Tabak holen gegangen war und auf dem Rückweg vergessen hatte, das Tor mittels des Holzkeils einen Spalt offenzuhalten. In solchen Fällen sprang Minze inzwischen auf den Mauervorsprung und drückte, sich gleich einem dressierten Zirkustier weit vorbeugend, den im Torbogen angebrachten Klingelknopf.

Er hatte sich nicht geirrt: von ihrer erhöhten Position miaute ihm die Katze einen langgezogenen Gruß zu. Die Zeitung hatte sie etwas abseits, aber gut sichtbar auf dem Pflaster ausgebreitet, so als hätte sie jemand dort verloren.

Friederich las: BÄRTIGER RIESE SCHLÄGT KIND KRANKENHAUSREIF, und stutzte. Nachdem er sich vom ersten Schreck erholt hatte, überblickte er rasch den Platz, trat hinaus und hob das Blatt auf.

VII

Wie es meist der Fall ist, hielt der kurze Artikel nicht, was der fettgedruckte Titel versprach. Die Mutter hatte tatsächlich einen Notarzt kommen lassen, weil ihr Sohn nicht aufhören wollte zu heulen, vielleicht insgeheim auch, um ihren einförmigen Alltag ein wenig zu beleben. Und als man ihr versichert hatte, daß dem Kleinen wirklich nichts fehle, hatte sie es sich nicht nehmen lassen, Anzeige gegen einen Unbekannten zu erstatten.

Glücklicherweise waren Boris und sie nur auf Besuch in der Stadt und wollten diese bald wieder verlassen. Es bestand also keine Gefahr, ihnen in nächster Zukunft zu begegnen. Und die Polizei hatte bestimmt Besseres zu tun, als einer solchen Geschichte nachzugehen.

Allein, das reichte nicht aus, um Friederichs überreiztes Gemüt zu beruhigen. Er hielt sich, wohl nicht ganz zu Unrecht, für leicht erkennbar, und hätte er seinen langjährigen Bart entfernt, so wäre er damit bei vielen nur um so mehr aufgefallen.

Andererseits drängte ihn die unbezähmbare Rastlosigkeit der letzten Monate ohnehin, endlich das Weite zu suchen und sich durch den Wechsel in eine neue, fremde Umgebung Zerstreuung zu verschaffen. Er mußte sein inneres Gleichgewicht wiedergewinnen, wollte er mit klarem Kopf entscheiden können, wie es denn weitergehen sollte.

Ein erstes Ziel war zu wählen, das ihn von zu Hause fortführte, von dem lähmenden Zauber der gewohnten Dinge befreite. Und aus naheliegenden Gründen hätte Friederich es vorgezogen, gleich ins Ausland zu reisen. Die seit dem Kriegsende ganz und gar auf charakterlose Effizienz ausgerichtete Heimat würde ihm schwerlich irgendwo mit jener heiteren Ablenkung aufwarten, die von obsessiven Gedanken befreien und spontanes Selbstvertrauen einflößen konnte, das war ihm klar. Da er aber auch Angst hatte, in seiner labilen Verfassung mit unvorhergesehenen Schwierigkeiten jeglicher Art konfrontiert zu werden, kam er schließlich mit sich selbst überein, zuerst noch alle Möglichkeiten innerhalb der schützenden Staatsgrenzen auszuschöpfen und die weitere Entscheidung auf ein späteres Datum zu verschieben.

Nachdem er verschiedene gängige Führer durchgeblättert und einiges an deutschen Städten verworfen hatte, bot sich ihm fast zwangsläufig München als Lösung an. Dieses Tor zum Süden war, wie er aus zweiter Hand wußte, schon von gewissen mediterranen Einflüssen geprägt, und die Tatsache, daß die einstige Stätte bedeutenden kulturellen Schaffens gleichzeitig die Wiege der braunen Bewegung gewesen war, erhöhte die unbestimmte Erwartung, hier eine vielseitige, interessante Menschheit anzutreffen …

Am darauffolgenden Sonntag, während seine Mitbürger die verdiente Wochenendträgheit genossen, bestieg Friederich, ein Köfferchen mit dem Nötigsten in der Linken und den Einkaufskorb mit Minze in der Rechten, von niemandem beachtet den Zug nach der bayerischen Hauptstadt.

Ein freundlicher, von leichten Dunstschwaden durchzogener Himmel hatte bereits auf dem Weg zum Bahnhof den letzten Rest des unguten Gefühls, sich auf der Flucht zu befinden, verscheucht. Die in Sonnenlicht gekleideten Straßen flößten unwiderstehlichen Frohsinn ein, und als dann frisch schimmernde Felder gleichmäßig am versiegelten Abteilfenster vorbeizuziehen begannen, empfand er zum ersten Mal seit undenklichen Zeiten wieder jenes sanfte, berauschende Fernweh, das Sehnsucht nach Selbstvergessenheit und Traumwandeln ist.

Die Fahrt ins Ungewisse, zu der Friederich sich kurzerhand entschlossen hatte, war von vornherein von einer ziemlichen Unwirklichkeit gekennzeichnet. Und je mehr er sich jetzt von seinem Wohnort entfernte, um so ungehinderter bemächtigten sich abgerissene Erinnerungen, Überlegungen und Phantasien seiner, um in der stillen Abgeschlossenheit der Ersten Klasse, die er sich zum Schutze seiner Nerven geleistet hatte, ungestört zu gedeihen. Die Außenwelt drang nur in Form von Lichtspielen und gedämpften Geräuschen zu ihm, und seine jede rationale Logik mißachtende Geistesproduktion wurde durch solch vage Sinneseindrücke noch gefördert.

Weit zurückliegende Familienszenen, schmerzliches Verlangen nach Franzis erlösender Nähe, kühne Jugendpläne und Erlebnisse aus den ersten Schuljahren lösten einander ungeordnet und zusammenhangslos ab, ohne daß er das Bedürfnis verspürte, sich bei einer Sache länger aufzuhalten. Und auf einmal empfand er das klare Bewußtsein seiner längst nicht erschöpften Kräfte und der unbeschränkten Freiheit, mit der er über sein künftiges Leben verfügen konnte. Getragen von einer Unbeschwertheit, die ihm alles Handeln und Glück von ihm allein abhängig erscheinen ließ, faßte Friederich den stolzen Entschluß, sich tags darauf rasieren zu lassen, sein Gewicht baldigst auf ein würdiges Maß zu reduzieren und von nun an überhaupt mehr auf sein Äußeres zu achten. Wonach er sich von neuem in einem ebenso anregenden wie beruhigenden Wirbel vergangener Bilder verlor.

In den letzten Wochen hatte er das Haus von oben bis unten durchstöbert, ohne die Modelleisenbahn finden zu können, mit der Vater ihn an seinem fünften Geburtstag überrascht hatte. Die Gleise waren damals teils unter Betten und anderen Möbeln, teils auf Schwebebrücken aus Schnüren und hügelartigen Bücherstapeln über zwei Räume des ersten Stockwerks verteilt gewesen, und wenn der Zug nach langer Fahrt wieder ins Wohnzimmer zurückkehrte, lag nicht selten eine Praline in einem der offenen Güterwagen; aus Onkel Fritzens Konditorei, zu der, wie Vater sagte, der Lokomotivführer hin und wieder gern einen Abstecher machte. Friederich, dessen Vorstellungskraft schon durch die geheimnisvolle Berg-und-Tal-Fahrt reichlich Nahrung erhielt, nahm diese „Abstecher" anstandslos und dankbar hin. Und es dauerte nicht lang, da waren seine Fahrgäste zu Omas Landhaus unterwegs, wo es gerade Erdbeeren gab, sahen zum Fluß in die Tiefe, von wo ihnen badende Kinder zuwinkten, und machten auf offener Strecke halt, um einen vom Wandern müden Pastor zusteigen zu lassen.

Er konnte sich nicht erinnern, wann er das Spielzeug zum letzten Mal in der Hand gehabt hatte, doch gewiß war Mutter, als er kein Interesse mehr dafür gezeigt hatte, der Meinung gewesen, man sollte es an bedürftige Bekannte weiterschenken. Und ohne ihn zu fragen, hatte sie dieses vernünftige Vorhaben bei erster Gelegenheit ausgeführt, worüber er sich jetzt ärgerte.

Friederich besaß noch alle seine Schulbücher und sogar eine beachtliche Anzahl von Heften, bewahrte die bis zum Beginn des Universitätsstudiums geschriebenen Tagebücher sorgfältig auf und hatte sich nie von seinem alten, schon ewig nicht mehr funktionierenden Tonbandgerät trennen wollen. Dies und vieles andere, das er oft zeitlich gar nicht mehr genau einzuordnen wußte, erfüllte ihn mit zärtlicher Neugierde, wenn er es nach Jahren wieder hervorholte oder durch Zufall darauf stieß. Und mochten ihm die mit fünfzehn verfaßten Aufsätze nun auch etwas befremdlich und die einst so lebendige Stoffpuppe klein und farblos erscheinen, sie waren doch ein wirksames Gegenmittel zu dem sich nach der Aufgabe der Praxis immer öfters aufdrängenden, beklemmenden Gefühl, ohne Herkunft und ohne Zukunft zu sein.

In ihren frohen Stunden hatten Franzi und er sich in allen Einzelheiten ein naturnahes Leben ausgemalt, in dem Eltern und Geschwister, Freunde und Kinder ganz selbstverständlich ihren Platz hatten; in dem das ungezwungene Zusammenwirken aller sich aus den Fähigkeiten der einzelnen ergab und die Generationen nicht voneinander getrennt existierten, als ob es sich fast um verschiedene Spezies handelte, sondern gleichsam die Ringe und Äste eines großen Baumes bildeten; in dem schließlich das Andenken an die Verstorbenen etwas ebenso Bedeutendes und Reales war wie das Bewußtsein, daß alles Tun in Enkeln und Urenkeln fortbestehen würde.

Die größte Herausforderung in diesem ehrgeizigen Phantasiegebilde stellte, neben den finanziellen Aspekten, zweifellos der Nachwuchs dar. Und da die öffentliche Schule mit dem geisttötenden Leistungsprinzip und der vom Fernsehen geprägten Schülerschaft in krassem Widerspruch zu ihrer Vorstellung von einer glücklichen Kindheit stand, waren Franzi und er bald zu dem Ergebnis gekommen, daß sie, nach Prüfung der geltenden Gesetze, zusammen mit den in ihrer Umgebung lebenden Gleichgesinnten den Unterricht übernehmen würden. Der Gedanke, sich, angeregt durch die kompromißlose Wißbegierde der Kleinen, erneut und wie nie zuvor in das Studium der Mathematik und der Philosophie, der Geographie und der

Physik, der Chemie und der Geschichte zu stürzen, reizte sie ungemein, um so mehr, als vieles nicht nur intellektuelles Spiel sein, sondern sogleich praktische Anwendung finden sollte.

Solche Träume, die damals sogar der für gewöhnlich ziemlich nüchternen Mutter eine scheue Begeisterung entlockt hatten, waren nach Franzis Tod stillschweigend in Vergessenheit geraten. Und sie jetzt ernsthaft wieder aufgreifen zu wollen wäre lächerlich gewesen. Blieb der Mensch sich auch treu, so konnte er doch mit vierzig nicht denken, fühlen und handeln wie mit zwanzig.

Einzig ein Kind hätte vielleicht Gelegenheit zu einer Wiederbelebung und einem Weiterspinnen der einstigen Sehnsüchte und Bestrebungen bieten können. Am besten ein zu adoptierendes, denn davon gab es zur Genüge, während es unwahrscheinlich schien, daß Friederich in nächster Zeit eine Frau kennenlernen würde, die sich in einer ähnlichen Situation wie der seinen befand.

Vor Freude erschaudernd, begann er die verheißungsvolle Aussicht genauer ins Auge zu fassen, erwog bereits den Verkauf des Hauses und den Erwerb eines kleinen Landguts und fragte sich, ob er nicht lieber gleich zwei Kinder aufnehmen sollte. Das Hin- und Hergerissenwerden zwischen seinen eigenen Ansprüchen und den ihm so fremden Idolen unserer Zeit würde unvermeidlich zu hohe Anforderungen an ein Einzelkind stellen. Zwei Gleichaltrige hingegen konnten sich, wenn sie in diesen Zwiespalt gerieten, gegenseitig aussprechen und bestätigen. Zwei, die zusammenhielten, bildeten so etwas wie eine Festung, von der aus sich die Seltsamkeiten der Welt getrost beobachten ließen und der Aufdringlichkeit der Erwachsenen leichter zu begegnen war …

Als die Deckenbeleuchtung angeschaltet wurde und der

Lautsprecher verkündete, daß der Zug in wenigen Minuten den Endbahnhof erreichen werde, merkte Friederich erstaunt, daß es draußen bereits dämmerte.

Der Tag war wie im Flug vergangen, und jetzt hätte er am liebsten gar nicht aussteigen mögen.

Das Wetter hatte umgeschlagen, und über die Gleise fegte ein unangenehmer, feuchter Wind. Inmitten des drängenden Menschenstroms strebte Friederich auf das Ende des Bahnsteigs zu, blieb dort kurz orientierungssuchend stehen und flüchtete dann in die große Schalterhalle, die er vorwiegend von den sonntäglichen Gruppen müßig plaudernder Ausländer bevölkert fand.

Der provisorische Nachkriegsbau mit seinem ehemaligen Aktualitätenkino sollte nach fünfzig Jahren offenbar schrittweise in ein funktionelles Metall-Glas-Ambiente umgewandelt werden. Davon zeugten das hochgelegene, über eine Stahltreppe erreichbare Burger-Restaurant und verschiedene terrassenartige Konstruktionen, unterhalb derer eine Cafeteria mit leicht tropischem Anhauch und ein französischer Croissanterie-Kiosk neu dazugekommen waren.

Friederich schwankte, ob er sich nach etwas Genießbarem umsehen oder zuerst die Frage der Unterkunft regeln sollte. Es lockte ihn sehr, den Koffer bei der Gepäckaufbewahrung abzugeben, um zu Fuß in die Stadt einzudringen und den Zufall entscheiden zu lassen. Bei dieser in die Knochen gehenden Kälte war das allerdings ein Risiko, denn fand er nicht bald etwas, konnte der Spaziergang rasch in ein ermüdendes Herumirren ausarten.

Er zögerte noch, als ihm von hinten jemand in heimatlichem Tonfall: „Hallo, mein Herr, kann ich Ihnen behilflich sein?“ zurief. Erschrocken wandte er sich um, doch seine Befürchtung, sich gleich bei der Ankunft mit einem lästigen Bekannten abgeben zu müssen, erwies sich als unberechtigt. Zwei Meter von ihm entfernt stand ein vom Alkohol gezeichneter Landsmann ungewissen Alters, der mit herausgekehrter Bescheidenheit eine Hand an die Brust führte und ihm dabei mit seitlich geneigtem Kopf und verschmitzt lächelnd in die Augen blickte. Da Friederich nichts sagte, zog er verlegen die Brauen hoch.

„Sie wundern sich wohl, von einem Fremden angesprochen zu werden", hob er endlich an, um nach einer Kunstpause fortzufahren: „Denken Sie nicht schlecht von mir. Ich gebe ja zu, Fehler gemacht zu haben, und will mich auch bessern. Aber wissen Sie, das Schicksal meint es im Augenblick nicht gut mit mir … Mit einer milden Gabe wäre mir sehr geholfen." Er brachte das alles so überzeugend und gewinnend hervor, daß Friederich ihm, sein schelmenhaftes Lächeln erwidernd, einen Zehnmarkschein in die Hand legte. Worauf der Mann ihn eine Zeitlang ungläubig anstarrte, bevor er gerührt seinen Dank zum Ausdruck brachte und sich nach zwei tiefen Verneigungen eilends entfernte.

Leicht verwirrt trat der Wohltäter auf den Bahnhofsvorplatz hinaus und verstaute seine Sachen in einem Taxi. Der gestandene Bayer am Steuer, bei dem er sich nach einem ruhigen, halbwegs zentralen und nicht allzu teuren Hotel erkundigte, preßte brummend die Lippen zusammen und wiegte nachdenklich den Kopf. Erst als Friederich etwas von einer charakteristischen Gegend hinzufügte, legte er den ersten Gang ein und fuhr mit einem nach hinten geworfenen „I bring eana noch Schwobing!" resolut los.

Nie zuvor sind auf unserer Erde so viele Maiskolben, Kaffeebohnen und Ananasfrüchte geerntet worden, nie Getränkeflaschen, Werkzeugmaschinen und Wohnhäuser in solchen Mengen hergestellt worden, und nie haben die vernunftbegabten Erdbewohner das Ergebnis ihrer Mühen so wenig geliebt wie heute. Wenn in dieser postmodernen Epoche ein Mensch nicht gerade mit der Erledigung unbegreiflicher Zwangsarbeit oder der Befriedigung elementarer körperlicher Bedürfnisse beschäftigt ist und nach etwas Höherem strebt, das nicht Gott ist, wird er unvermeidlich nach Dingen Ausschau halten, die ihm eine Vorstellung von Vergangenem vermitteln.

Inzwischen kann ja ein Laib Brot teurer sein als die von computergesteuerten Maschinen ausgespuckte Quarzuhr. Da Herz und Sinne sich aber naturgemäß nicht für die Errungenschaften buchhalterischer Berechnung erwärmen können, sondern nach Spiel und Kunst trachten, in denen die Mathematik nur eine untergeordnete Bedeutung hat, ist es ganz selbstverständlich, daß wir uns nach dem Erbe unserer ungleich ärmeren und dennoch verschwenderischeren Vorfahren sehnen …

Entrüstet über die äußerst billige Einrichtung seines Hotelzimmers, in dem ein paar Stunden Schlaf inklusive Büfett-Frühstück und fensterlosen WC/Dusche immerhin 120,– DM wert sein sollten, begab sich Friederich, nachdem er Minze versorgt und sich selbst ein wenig erfrischt hatte, nach unten. Irgendein weiser Kopf hatte einmal behauptet, die erste Voraussetzung, um die Reize einer fremden Stadt richtig würdigen zu können, sei eine komfortable Unterkunft. Das leuchtete ein, doch wollte Friederich sich jetzt nicht weiter durch die Mängel seiner Bleibe verstimmen lassen. Er hatte vor Jahren ein Buch über die Schwabinger Boheme gelesen und erst kürzlich wieder gehört, daß dieses Viertel auch heute noch zu den Hauptattraktionen für Reisende zählte. Das reichte, um zuversichtlich aufzubrechen und eine Gaststätte ausfindig zu machen, wo sich seine, wie er ahnte, bedeutungsvolle Loslösung von zu Hause auf angemessene Weise feiern ließe.

Der slawische Portier, der am Ausgang ein wenig frische Luft schnupperte, hätte ihm vielleicht einen guten Rat geben können. Da Friederich es aber nicht eilig hatte und den Wunsch verspürte, die Stadt auf eigene Faust zu erobern, erwiderte er nur kurz seinen Gruß und schlug entschlossen eine beliebige Richtung ein.

Nach etwa hundert Metern gelangte er zu einer massiven Backsteinkirche. Er näherte sich der Freitreppe und betrachtete die Rosette aus Farbglas, hinter der kein Licht brannte. Wie vielerorts wurde offenbar auch hier das Zwiegespräch der Gläubigen mit Gott außerhalb der Messezeit als Privatangelegenheit angesehen, für die der heilige Tempel nicht zur Verfügung stand. Um einen letzten Zweifel zu beseitigen, rüttelte Friederich am Hauptportal, ehe er sich wieder in Bewegung setzte.

Er hatte eben eine wichtige Verkehrsader überquert und war einmal nach links und dreimal nach rechts abgebogen, als er überrascht an einer Vorgartenmauer stehenblieb. Auf einer neben dem Tor angebrachten Erinnerungstafel war zu lesen, daß Thomas Mann in diesem Haus seinen Roman *Buddenbrooks* vollendet hatte. Freudig erregt auf und ab schreitend, versuchte Friederich zu erraten, in welchem Zimmer der geliebte Schriftsteller an seinem Werk gearbeitet haben mochte. Das Gebäude wie auch das gegenüberliegende, beide Anfang des Jahrhunderts errichtet, unterstützten seine Vorstellungskraft. Wären da nicht angrenzende Bauten gewesen, die jeder Kontinuität hohnlachten und mit ihren dunklen Bürofenstern ein erhabenes Gefühl gleich im Ansatz ersterben ließen …

Friederich überquerte wieder die große Verkehrsader und ging verlassene Straßen entlang, leicht irritiert durch eine von der Nacht vermehrte Anonymität, die ihn an jeder Kreuzung erneut vor das Problem stellte, welche Richtung er einschlagen sollte. An einem gewissen Punkt begann er gar daran zu zweifeln, sich in der bekannten Münchner Vorstadt zu befinden, was ihm einer der vereinzelten Passanten jedoch unverbindlich bestätigte.

Von Künstlern weit und breit keine Spur, von Braunhemden, das ist wahr, ebenfalls nicht. Der Stadtteil wirkte überhaupt wie ausgestorben, und die seltenen, meist jugendlichen Personen, die im Auto oder zu Fuß ihren abendlichen Verpflichtungen entgegeneilten, änderten wenig an diesem Eindruck.

Die etwas unheimliche Öde, die deutsche Städte nach Ladenschluß kennzeichnet, hätte Friederich eigentlich nicht sonderlich befremden dürfen. Wo er herkam, herrschten ähnliche Verhältnisse und nach Beendigung der Tagesarbeit dieselbe Friedhofsatmosphäre. Da er die Reise aber aus dem Bedürfnis heraus unternommen hatte, Zerstreuung und inneres Gleichgewicht zu finden, und während der Fahrt sein Ziel bereits in greifbarer Nähe gewähnt hatte, empfand er es nun doch als einen schlechten Scherz, auf diese Weise empfangen zu werden.

Ob die Straßenzüge bei Tageslicht einen lebhafteren Anblick bieten würden? Der Hunger drängte Friederich, sich vorerst nicht weiter mit dieser Frage zu beschäftigen und seine Aufmerksamkeit auf die Lokale zu richten.

Davon gab es, sauber und sinnvoll verteilt, alle paar Häuserblocks eines, an manchen Stellen sogar zwei oder drei hintereinander. Schloß man allerdings die ausländischen aus, weil sie zu sehr an Festpreisurlaube auf Ischia oder Mallorca erinnerten, mied man die überfüllten Modetreffs und alle mit hämmernder Musikkulisse ausgestatteten Kneipen, so konnte die Suche nach einem Abendessen leicht zu einem entnervenden Unternehmen werden.

Beinahe eine Stunde lief Friederich fruchtlos von einem Brauerei-Leuchtschild zum anderen, ohne sich in der dumpfen Sturheit, die ihn befallen hatte, dazu durchringen zu können, irgendwo einzukehren. Seine hartnäckige Weigerung, mit einem arabischen oder griechischen Restaurant vorliebzunehmen, mutete inzwischen ihm selbst lächerlich an, denn er fror und ihm knurrte der Magen. Doch er wollte sich einfach nicht mit der Tatsache abfinden, auf ein unverfälschtes Gasthaus, wie es ihm vorschwebte, verzichten zu müssen. Verlangte er zuviel? Warum sollte er sich dazu zwingen lassen, seine Mahlzeit in einer Umgebung einzunehmen, in der er sich nicht wohl fühlte?

Friederich hatte eben zornig den Entschluß gefaßt, sich für diesen Abend mit einem Döner Kebap zufriedenzugeben – wenn er nur die kleine türkische Imbißstube wiederfand, an der er zehn Minuten zuvor achtlos vorübergegangen war –, als er in einer schattigen, baumgesäumten Nebenstraße auf ein Paar mittleren Alters stieß, das, Händchen haltend und schweigend, die in einem unbeleuchteten Schaufenster ausgestellten Marionetten betrachtete. Die beiden in ihren grauen Kapuzenmänteln standen so regungslos da, die Augen auf die Antiquariatsexponate geheftet, daß Friederich zögerte, das Wort an sie zu richten. Erst als sie sich ihm zuwandten, fragte er unsicher: „Wißt ihr vielleicht, ob es hier in der Nähe ein einfaches, traditionelles Lokal gibt, wo man in Ruhe etwas essen kann?“

Der Mann und die Frau tauschten einen Blick, während ein zaghaftes Lächeln ihre trüben Mienen erhellte. Dann nannten sie ihm eine Studentenkneipe, wiesen ihm mit freundlicher Zuvorkommenheit den Weg und fügten noch hinzu, daß die Auswahl an Gerichten dort allerdings sehr beschränkt sei. Einen Augenblick war Friederich versucht, sie einzuladen; da er aber von Natur zurückhaltend und nicht gewohnt war, rasch und unüberlegt zu handeln, ließ er die Gelegenheit vorübergehen.

Wenig später hockte er allein in einer Ecke des schäbigen, augenscheinlich überlebten *Silbernen Hirschen*, der seinen vielversprechenden Namen weiß Gott wem verdankte und für die abendliche Stunde ungewöhnlich schwach besucht war. Schweinebraten mit Kartoffelknödel und Blaukraut war das einzige, was die Gelegenheitsbedienung zu bieten hatte. Nicht weiter verwunderlich, da die übrigen fünf Gäste bloß Bier tranken.

Der längliche, schmale Raum hatte bis zur halben Höhe eine grün gestrichene Holzverkleidung, der weiße Putz war vom Nikotin gefärbt, und auf den in zwei Reihen aufgestellten, nackten Tischen standen Aschenbecher und Stöße von Bierdeckeln. Ein Radio oder eine Stereoanlage gab es nicht, und die Stimmen und die Geräusche der Gläser klangen seltsam klar und isoliert.

Noch bevor der Teller gebracht wurde, bestellte Friederich sein zweites Helles. Und nachdem er seine Mahlzeit aus der Dose gierig verschlungen hatte, ein drittes. Er spürte das starke Verlangen, sich zu betäuben, und rauchte auch mehr als gewöhnlich. Die Unruhe, die er zu Hause hatte lassen wollen, begann sich ungehindert wieder einzuschleichen.

„Wo bleibt die vielseitige, interessante Menschheit, die man mir versprochen hat?" fragte er plötzlich halblaut. Und das empörte, vom Alkohol beflügelte Selbstgespräch fortsetzend: „Habe ich vielleicht Hunderte von Kilometern zurückgelegt, um einen Abend in diesem Loch zu verbringen? Das ist doch reiner Wahnsinn … Was schreiben die Zeitungen vom unvergänglichen Charme der bayerischen Metropole! Auf solche Volksverdummung sollte Zuchthaus stehen …"

Der Wirt und zwei Studenten schielten kurz rüber, weiter kümmerte sich keiner um sein Gerede. Friederich murmelte noch einiges wirres Zeug, bis ihm die Langweile, die von allen belebten und unbelebten Dingen im Saal ausging, unerträglich wurde und er den Kellner rief, um zu zahlen. Dem vernichtenden ersten Eindruck und der miesen Witterung zum Trotz hatte er sich in den Kopf gesetzt, einen ausgedehnten Rundgang zu machen und die Architektur der Stadt genauer in Augenschein zu nehmen.

Er trat in die kühle Nachtluft hinaus, atmete tief durch und fühlte sich sogleich besser. Und er hatte kaum einige Schritte getan, als er auf der anderen Straßenseite ein zweistöckiges Gebäude erblickte, das mit seinen leichten barokken Ornamenten wahrhaftig einer kleinen Bonbonniere glich. Besonders reizvoll waren die beiden Balkone über dem Torbogen mit ihren gewölbten, schmiedeeisernen Geländern, der untere imposanter, der obere schlichter und höchstens zwei Personen Platz bietend.

„Als diese Fassade entworfen wurde, hatte man noch Muße, auf solchen Balkonen zu verweilen, und unten gab es gewiß Interessanteres zu sehen als endlose Schlangen von Automobilen", flüsterte Friederich entzückt.

Wie kam es, daß er das Haus nicht schon vorhin bemerkt hatte? Wahrscheinlich war es ihm bei dem Elend auf Straßenebene gar nicht eingefallen, nach oben zu schauen.

Auch die drei folgenden, anspruchsloseren Gebäude hatten dank einer ausgewogenen Verwendung klassizistischer Elemente in den Einrahmungen der Fenster ein herrschaftliches Aussehen, das auf einen behaglichen Wohlstand im Innern schließen ließ. In einer Erdgeschoßwohnung brannte noch Licht, und der warme Schein der Lampe leuchtete so verlockend zwischen den schweren Vorhängen hervor, daß Friederich hinüberging, um einen Blick in das verborgene Zimmer zu werfen. Das erhöhte Erdgeschoß ließ dies aber trotz seiner beachtlichen Körpergröße nicht zu. Er hätte sich am Fensterbrett festhalten und auf den Mauervorsprung steigen müssen, was ihm doch etwas übertrieben erschien.

Ein wenig weiter vorn ragte zwischen zwei Häusern eine

Buche in den nächtlichen Himmel. Vorsichtig schob er das angelehnte Eisentor auf und schloß es gleich wieder, als er sah, daß der Hof mit Autos zugeparkt war.

Da auf der anderen Seite für ein gutes Stück offensichtlich alles den Bomben zum Opfer gefallen und durch graue Zweckbauten ersetzt worden war, schickte Friederich sich an, wieder die Straße zu überqueren. In Gedanken versunken nahm er wahr, daß ein schwarzer Mercedes mit überhöhter Geschwindigkeit nahte, und beschleunigte den Schritt. Der Fahrer beschleunigte unverständlicherweise ebenfalls, um dann knapp vor ihm mit quietschenden Reifen abzubremsen und demonstrativ zu hupen.

Entsetzt und mit weichen Knien fixierte Friederich die Windschutzscheibe. Zuerst begriff er nicht, was da für ein Spiel gespielt wurde. Als jedoch die grellen Fernlichter mehrmals nervös aufleuchteten, begann er instinktiv die Motorhaube mit dem Schirm zu traktieren.

Ein gedrungener, braungebrannter Mann in Anzug und Krawatte sprang aus der Limousine und fuhr ihn wie eine Bestie an: „Scheiß Penner, bist du verrückt?! Ich schlag dir alle Knochen kaputt!!“ Und nachdem er kurz den Schaden begutachtet hatte, trat er blitzschnell auf ihn zu und versetzte ihm einen Kniestoß in die Magengegend, der ihn zu Boden sinken ließ. „Ich bring dich um! Ich bring dich um!!“ versprach er zischend. Doch er fühlte sich seiner Sache offenbar zu sicher, denn Friederich gelang es, ihn an einem Fuß zu fassen und zu Fall zu bringen. „Dreckiger Hund!“ keifte der rasende Geldprotz, indem er sich zur Seite rollte und die Klinge eines Schnappmessers herausschnellen ließ, das er aus der Jackentasche gezogen hatte.

An diesem Punkt verlor Friederich vollends die Kontrolle über sich selbst. War es die unbewußte Erinnerung an den Tod der Mutter, die plötzlich eine grenzenlose Wut in ihm aufsteigen ließ, oder reiner Erhaltungstrieb, der ihm eine ungeahnte Beweglichkeit und einen eisernen Griff verlieh? In jedem Fall nagelte er den Irren am Pflaster fest und schlug so lange auf ihn ein, bis er sich nicht mehr rührte.

Keuchend und mit geschlossenen Augen kauerte er eine ganze Weile vor dem leblosen Körper, ehe ihm bewußt wurde, daß dieser nicht mehr atmete. Da er auch keinen Pulsschlag feststellen konnte, riß er dem Mann Jacke und Hemd auf und legte ein Ohr auf seine weiche Brust. Jetzt meinte er schwachen Herzschlag zu vernehmen, doch war er zu erregt, um sicher zu sein, daß es sich nicht um den eigenen handelte.

In panischer Angst rappelte Friederich sich auf, schaute ein letztes Mal zu der noch im Tode verzerrten Fratze und floh. Er rannte, rannte wie noch nie in seinem Leben, rannte aufs Geratewohl, rannte, bis ihm schwarz vor den Augen wurde und er sich an eine Hauswand lehnen mußte …

Irgendwann kam jemand vorbei und fragte, ob er ihm behilflich sein könne. „Danke“, entgegnete er leise und ließ sich zu einem naheliegenden italienischen Eiscafe begleiten, wo er sich an eines der runden Tischchen neben dem Eingang setzte. Drinnen wurde bereits aufgeräumt. Friederich sagte dem Kellner, daß er nur schnell einen Kognak trinken wolle, worauf dieser ihm großzügig erklärte, er solle sich nur Zeit lassen.

Die Frau, die ihn gestützt hatte, ging bald ihrer Wege, und während er abwesend an seinem Glas nippte, konnte Friederich beobachten, wie in kurzen Abständen zwei Polizeiautos und ein Rettungswagen mit heulenden Sirenen über die nächste Kreuzung fuhren.

Er hatte einen Menschen umgebracht. Er hätte außer sich sein müssen und war nur restlos erschöpft.

Immer wieder blickte die Mondsichel zwischen den vorbeiziehenden Wolken hervor. Der böenartige Wind, der diese vor sich hertrieb, wirbelte allerlei Unrat auf und zerrte an Haaren und Kleidern. Friederich wollte schlafen, schlafen und von nichts mehr wissen. Er sehnte sich nach seinem vertrauten Heim, nach seinem Bett, nach seiner Mutter, die immer für ihn dagewesen war.

Als der Regen anfing, ihm ins Gesicht zu peitschen, richtete er sich schwerfällig auf. Und da der Kellner nirgendwo zu entdecken war, legte er einige Münzen auf den Tisch und machte sich auf den Weg.

VIII

„Der Entschluß wird Ihnen nicht leichtgefallen sein", meinte der Friseurlehrling, indem er Friederich über den Spiegel wissend zulächelte. Dieser konnte sich eines inneren Kampfes nicht entsinnen und entgegnete verlegen: „Ja, ja ..." „So einen mächtigen Bart schafft man sich ja nicht von heute auf morgen an ... Wann haben Sie sich denn das letzte Mal rasiert, wenn ich fragen darf?" „Vor achtzehn Jahren." „Achtzehn Jahre!! Donnerwetter ... Und jetzt wollen Sie ihn auf einmal nicht mehr. Eigentlich schade, wenn etwas so lange gebraucht hat."

Der pubertierende Teenager, der noch mit dem Grobschnitt beschäftigt war, hatte einen rechts bis zur Mitte kahlgeschorenen Schädel, während auf der anderen Seite das glatte, aschblonde Haar bis an die Schulter reichte. Am freien Ohr trug er sieben silberne, an der Nase zwei goldene Ringe, und sein schmaler Körper steckte in einem weißen Kittel, in dem sich der Punker – wenn man ihn als solchen ansehen wollte – allem Anschein nach wohl fühlte. Im übrigen ging er seiner Tätigkeit mit einer ungewöhnlichen, fast rührenden Hingabe nach. Und seine Gesprächigkeit war nicht allein auf sein harmloses, liebenswürdiges Naturell zurückzuführen, sondern geprägt von dem bewußten oder unbewußten Wunsch, dem Kunden gefällig zu sein.

Je länger Friederich das Mienenspiel des angehenden Haarschneiders verfolgte, um so mehr überzeugte er sich davon, daß die geistige Hauptnahrung für seine bisherige Persönlichkeitsentwicklung aus Comics bestanden haben mußte. Die Ausdruckskraft seines Gesichts war erstaunlich, wenn auch auf eine gewisse Anzahl sich wiederholender Muster beschränkt, und seine Psychologie offensichtlich von dem elementaren Gegensatz Gut-Böse bestimmt.

Immer wieder begegnete Friederich dem von einer entwaffnenden Gutwilligkeit erfüllten Blick, und mit einem Mal empfand er so deutlich den ebenso hilflosen wie hoffnungslosen Versuch dieses Menschen, sich durch ein exzentrisches Aussehen eine Daseinsberechtigung zu verschaffen, daß er unwillkürlich anfing zu weinen.

Der junge tat zunächst, als habe er nichts bemerkt. Erst als er sah, daß die Tränen nicht aufhören wollten zu fließen, unterbrach er seine Arbeit und fragte mit der unschuldigsten Miene dieser Welt: „Hat Sie vielleicht jemand dazu gedrängt, den Bart gegen Ihren Willen abzumachen?“

Friederich betrachtete ihn einem Augenblick verblüfft, dann mußte er von Herzen lachen. Er drückte ihm den Arm, schüttelte den Kopf und wischte sich mit der anderen Hand die Wangen ab.

Eine halbe Stunde später verließ er bis zur Unkenntlichkeit verändert, glattrasiert, elegant frisiert und leicht parfümiert, den Laden. Der Junge, der ihm noch sorgfältig Kragen und Hemd abgebürstet und das reichliche Trinkgeld mit einem „Wow!“ entgegengenommen hatte, hielt ihm die Tür auf und wünschte einen schönen Tag und viel Glück. Friederich erwiderte den Glückwunsch.

Gegen zehn Uhr morgens hatte ihn die an der Tür klopfende Putzfrau aus einem tiefen Schlaf gerissen. Es hatte eine Weile gedauert, bis ihm klargeworden war, wo er sich überhaupt befand. Und als er dann vernommen hatte, wie jemand einen Schlüssel ins Schloß steckte, war er mit einem „Moment, bitte!“ aufgesprungen, um bei dem Gedanken an die Ereignisse der Nacht gleich wieder erschaudernd ins Bett zurückzufallen.

Die Überreste an Wurst- und Käseaufschnitten, Fruchtsalat, Müsli, Cornflakes, Marmeladen und Semmeln, die er im Frühstückssaal vorgefunden hatte, wo er kurz vor elf gerade noch rechtzeitig als letzter Gast aufgetaucht war, hatte er nicht angerührt; ein bißchen Kaffee nach seiner Rückkehr ins Zimmer mit viel bitteren Magensäften wieder von sich gegeben.

Draußen schien die Sonne, und die Leute, die am Abend zuvor in ihrer Verschlossenheit und Ausdruckslosigkeit pflanzlichen Wesen geglichen hatten, legten heute eine ungeahnte Lebendigkeit an den Tag, die in gewissen Fällen an Überspanntheit grenzte.

Friederich nahm von alledem kaum etwas wahr. Er fühlte sich durch die Helligkeit geblendet, und die Wirklichkeit, durch die er sich bewegte, stellte sich ihm in Gestalt sonderbarer, isolierter Erscheinungen dar; sie war ihm so fern, daß er mehrmals über unbedeutende Bodenvorsprünge stolperte und nach dem Zusammenstoß mit einem Dackel, kalten Schweiß auf der Stirn, nach Luft schnappend: „Entschuldigung … Entschuldigung …“ stammelte.

Dabei dachte er an gar nichts. Sein Geist war wie gelähmt und schwieg. Und wenn ihn in unregelmäßigen Abständen der nächtliche Schrecken heimsuchte, so erfaßte ihn einzig eine unbestimmte, heftige Erregung. Er empfand keine Schuld, suchte sich nicht zu rechtfertigen und fürchtete sich auch nicht vor etwaigen Folgen. Was ihn am ganzen Körper erzittern und wiederholt krampfhaft Galle speien ließ, war die grauenvolle Vorstellung von dem völligen Verlust jeder Selbstbeherrschung; dieser Ausbruch ungezügelter Wut, der nichts Tierisches hatte und dessen Wiedererleben ihn jedesmal um den Verstand zu bringen drohte.

Am frühen Nachmittag hatte ihn der Zufall vor ein Schaufenster geführt, in dem auf verschiedenen farbigen Kartons die Vorzüge eines schweizerischen Haarwassers gerühmt wurden. Auf dem einen war unter dem Photo eines Glatzkopfes zu lesen: *Kahlheit ist kein Schicksalsschlag.* Auf einem anderen sollten die überdimensionale Darstellung eines Haares samt Wurzel und die nebenstehenden Erklärungen den wissenschaftlichen Beweis dafür liefern.

Friederich hatte eine Zeitlang ohne Grund vor dieser Werbung verweilt. Seine Augen waren zwischen der glänzenden Glatze und dem, was auf einen ersten Blick wie eine junge Zwiebel aussah, hin und hergewandert, ohne daß er den Text gelesen oder eine Beziehung zwischen den Bildern hergestellt hätte. An einem gewissen Punkt hatte er bemerkt, daß hinter den Kartons ein Friseur seinem Handwerk nachging, und ohne zu überlegen, eigentlich nur aus dem Bedürfnis, sich irgendwo hinzusetzen, hatte er den Laden betreten …

Als er ihn eine gute Dreiviertelstunde später wieder verließ, fühlte er sich noch benommen, doch die Begegnung mit dem freundlichen Lehrling hatte seine geistige Starre gebrochen. Alle Dinge erschienen ihm nun in den gewohnten Zusammenhängen, und erste Gedanken begannen sich zu regen.

Die Straßen waren hauptsächlich von jungen Leuten bevölkert, die selbstsicher und zufrieden ihren Geschäften nachgingen. Die meisten schritten zügig einher und ließen keinen Zweifel daran, daß sie klare Aufgaben zu erledigen und keine übermäßigen Sorgen hatten.

‚Wenn man weiß, was man will, und sich an die allgemeinen Spielregeln hält, läuft eigentlich alles von selbst', sagte sich Friederich mit einem unbestimmten Grinsen. Und diese selbstverständliche Feststellung, daß die Zugehörigkeit zu einem geordneten sozialen Gefüge eine im wesentlichen vorhersehbare, leicht beherrschbare Existenz gewährleiste, erschien ihm in seiner gegenwärtigen Verfassung wie eine beruhigende Erkenntnis.

Es war ein milder Frühlingsnachmittag. Der Himmel hatte sich ein wenig verschleiert, in den Bäumen einer Allee sangen Amseln und girrten Turteltauben, und die laue Luft, die ihn hin und wieder anwehte, weckte in Friederich sommerliche Gefühle. Im Vorübergehen las er mehrere an Haus- und Gartentoren angebrachte Schilder, mit denen nicht nur Ärzte und Steuerberater ihre Dienste anboten, sondern auch die verschiedensten Firmen und Vereine auf sich aufmerksam machten. Was verbarg sich hinter Worten wie „Glaserei, Glasbau, Spiegelmontagen", „Laboratorium für Experimentalphysik, London, New York und München" oder „Verband freier Berufe in Bayern"? Solche Namen erregten seine Neugierde, ebenso wie zahlreiche Passanten, aus deren Kleidung und Auftreten er gesellschaftliche Stellung und beruflichen Wirkungsbereich zu rekonstruieren suchte.

Wer mochten die zwei sachlich diskutierenden Herren sein, die in teuren, maßgeschneiderten Anzügen und mit ledernen Aktenköfferchen gemessenen Schrittes daherkamen? Der ältere hatte kurzes, graumeliertes Haar, feine, sonnengebräunte Züge und eine von Nachsicht und einem gewissen Lebensüberdruß gezeichnete Miene, während der andere mit seinen schulterlangen, fettigen Locken trotz der weichen, fülligen Wangen kalt und entschlossen dreinblickte und sein Reden mit energischen Gesten unterstrich, die auf einen Draufgänger hindeuteten. Beiden war anzusehen, daß sie die Stadt normalerweise in einem großen Wagen mit Autotelephon durchquerten, und Friederich tippte auf Politiker oder Wirtschaftsführer.

Es liefen ihm auch einige recht bizarre Typen über den Weg, die Regisseure, Maler oder Schauspieler hätten sein können. Die meisten, denen er begegnete, waren jedoch gewiß Studenten. Bei diesen versuchte Friederich zu erraten, welcher Fakultät sie angehörten, und hatte er sich für ein Fachgebiet entschieden, sann er darüber nach, welche Verwendung etwa ein Elektroingenieur oder ein Altphilologe nach Abschluß des Studiums für sein Wissen finden würde. Seine Vorstellungskraft ließ ihn da etwas im Stich, aber er spürte nichtsdestoweniger die Faszination der Perspektiven, die eine höhere Bildung eröffnen mußte.

Solcherweise phantasierend, war er vor einen kleinen, alten Friedhof gelangt, den eine unverputzte Backsteinmauer umschloß. Obwohl ein Emailschild am Eingang Hunden und Radfahrern den Zutritt untersagte, wurde der geweihte Ort offenbar längst als zusätzliche Grünfläche genutzt. Die Vielzahl von Schülern und Müttern mit Kindern, die sich im Innern plaudernd und auch raufend die Zeit vertrieben, ließ keinen Zweifel daran. Andererseits waren ja von den Gräbern ohnehin nur die Steine übriggeblieben, um die notdürftig gestutztes Unkraut wucherte.

Die Inschriften, die oftmals verwittert und kaum zu entziffern waren, lieferten Friederich bald die Lösung: die letzten Toten dieses Friedhofs waren vor dem Krieg beigesetzt worden, ein Großteil sogar schon im letzten Jahrhundert. Große Persönlichkeiten, die hier ihre letzte Ruhestätte gefunden hätten, waren nicht darunter. Er mußte sich mit Hofräten, Kaufmännern, Bürgermeistern, Architekten und Konditoren begnügen, deren Namen ihm nichts sagten, und mit einem Gemeinschaftsgrab, das vermögende Künstler ihren mittellosen, ihm ebenfalls unbekannten Kollegen gespendet hatten.

Aber schon die Tatsache, daß diese Herren mit oder ohne Titel und diese Frauen vor hundert Jahren gelebt hatten, flößte ihm eine gewisse Ehrfurcht ein. Wie gern hätte er Näheres über die Umstände und das Schicksal des einen oder anderen erfahren; über die mehr oder weniger glückliche Kinderstube, die Schule mit ihren strengen Sitten und Lehrern, das jugendliche Streben in einer Zeit entscheidender Erfindungen ...

Als er sich auf eine Bank setzte, um ein wenig auszuruhen, wurde ihm plötzlich bewußt, daß er hier von Menschen umgeben war, die ihr wechselreiches und oft nicht leichtes Leben bis zu Ende gelebt hatten. Und dieser eigenartige Gedanke ließ ihn Scham empfinden ob seiner eigenen Kleinmütigkeit.

Ein Specht hämmerte über ihm gegen den Baumstamm, und Friederich blickte mehrmals in die Höhe, ohne den Vogel, dessen tonloses Schlagen sich in regelmäßigen Abständen wiederholte, im dichten Laub ausmachen zu können.

Nicht weit von ihm, auf einer anderen Bank, tauschten zwei sehr junge Verliebte Zärtlichkeiten aus. Die Art, wie sie ihm das Haar aus der Stirn strich und neckisch den Mund verzog, während er mit großen Augen darüber klagte, daß sie zu wenig Zeit für ihn habe, die Bewunderung, mit der sie gemeinsam die emsige Arbeit der Bienen in einem hinter ihnen blühenden Weißdornstrauch verfolgten, und die spielerischen, sanften Küsse, in denen nach lebhaften oder verträumten Wortwechseln ihre Seligkeit gipfelte, zeugten von einer Vertrautheit, wie man sie gewöhnlich nur zwischen Mutter, viel seltener zwischen Vater und Kleinkind erlebt. Und diese Natürlichkeit in all ihren Gebärden, die unschuldige Liebe in ihren Blicken wühlte Friederich so auf, daß er sich zum Weggehen aufraffte, als er merkte, daß

Rührung ihn zu übermannen drohte.

Ein melancholisches Motiv summend, wandelte er durch die immer noch sonnigen Straßen, ohne mehr auf Fußgänger oder Firmenschilder zu achten. Die Szene, die er auf dem Friedhof zufällig beobachtet hatte, wollte ihm nicht aus dem Kopf gehen. Dieses unkomplizierte Glück, diese kindliche Freude an sich selbst und allem Liebenswerten weckte altvertraute und doch längst vergessene Empfindungen in ihm. Und wenn die frohe Stimmung sich auch bald in Schwermut verwandelte, so handelte es sich doch immer noch um eine wohltuende Schwermut.

Friederich erinnerte sich, wie er mit siebzehn oder achtzehn nach einem schmerzlichen Ringen mit sich selbst entschieden hatte, daß ein Erwachsener, der sich einer schwärmerischen Liebe hingab, einer Selbsttäuschung erlag. Mochte es auch viel Überwindung kosten, Aufrichtigkeit und Würde verlangten, daß man das ursprüngliche Bedürfnis nach der sinnlichen Nähe eines anderen nicht mit jemandem zu stillen suchte, der einem im Grunde fremd war.

Daran hatte Friederich sich gehalten, auch nachdem Franzi ihm genommen worden war. Und in seiner Eigensinnigkeit hatte er nicht berücksichtigt, daß eheliche und außereheliche Verbindungen zum guten Teil gerade aus dem obengenannten Bedürfnis heraus eingegangen werden und daß er wahrscheinlich gar nicht auf die Welt gekommen wäre, hätten seine Eltern dieselben ethischen Prinzipien gelten lassen wie er.

Indem er jetzt über eine kleine Bogenbrücke den Englischen Garten betrat, bemächtigte sich seiner ein leidenschaftliches Verlangen nach warmer, anschmiegsamer Geborgenheit, wie er es bis dahin nicht gekannt. Er sehnte sich danach, menschliche Haut zu fühlen und zu liebkosen, ohne sich zu fragen, wie dies geschehen sollte, und ging lächerlicherweise so weit, daß er immer wieder verstohlen aufschaute, wenn er ein Fahrrad oder Schritte aus entgegengesetzter Richtung nahen hörte.

Manchmal vermag ein harmonisches Bild uns zeitweilig in Einklang mit der Welt zu versetzen. Und diese Illusion kann so überzeugend sein, daß wir uns ihr vollkommen hingeben, wenngleich ein Blick über den Bildrand hinaus genügte, um sie zu zerstören. Friederich, der sich hinter einer Reihe von Fliedersträuchern auf einem trockenen Wiesenfleck ausgestreckt hatte, fühlte sich solchermaßen in Frieden mit sich selbst, während er das an dieser Stelle himmelblaue Wasser des träge dahinfließenden Baches nach Fischen absuchte. Das einzige, was ihm fehlte, war jemand, mit dem er diesen Frieden hätte teilen können.

Langbeinige Insekten landeten auf der glatten Wasseroberfläche, ließen sich treiben und hoben schwerelos wieder ab, während unter einem tiefhängenden Weidenast ein Schwarm tanzender Mücken schwebte, der sich trotz ständiger, im einzelnen nicht verfolgbarer Bewegung nicht von der Stelle rührte. Zwei Zitronenfalter flogen vorbei, und auf einmal vermeinte Friederich das Zirpen einer Grille zu hören. War es nicht noch viel zu früh für diese Art von Insekten, die man gemeinhin mit dem Sommer identifizierte? Der charakteristische Laut verstummte, und er lauschte noch eine Zeitlang aufmerksam und zweifelnd.

Er war noch ganz eingenommen von diesen Sinneseindrücken, als eine Frau zwischen den Fliedersträuchern hervortrat und ein wenig künstlich überrascht: „Ach du mein Schreck, da liegt ja einer …“, ausrief, um dann in offensichtlicher Erwartung einer Erwiderung vor ihm stehenzubleiben.

Das von Entbehrungen gezeichnete Gesicht war an den Wangen von einem Hautausschlag verunziert, den sie soweit als möglich unter einer Schicht Schminke zu verbergen suchte. Von diesem bleichen Grund hoben sich die tiefroten Lippen und die von reichlich Wimperntusche umrahmten, wachen Augen ab, wie man es sonst allenfalls im Theater zu sehen bekommt.

„Habe ich Sie vielleicht bei Ihrer Meditation gestört?“ fragte sie, indem sie ihn forschend anblickte und sich mit einer Hand durchs Haar fuhr.

„Nein“, antwortete Friederich und setzte sich auf.

Die Frau, die eine weite rosa Samthose und eine schwarze Lederjacke trug, zog die Brauen hoch und meinte: „Ich will ja nicht aufdringlich sein …“, um kurz darauf hinzuzufügen: „Haben Sie etwa Angst vor mir?“

„Angst? Wieso?“ fragte Friederich.

„Na, wissen Sie, manche Männer mögen es nicht, wenn eine Frau sie so von sich aus anspricht …“, erklärte sie und ließ sich ihm gegenüber nieder.

„Ja, ja, viele fürchten, sie könnten nicht ernst genommen werden, wenn sie nicht selbst die Initiative ergreifen … Einige fürchten sich sogar vor dem unheimlichen Wesen der Frau“, entgegnete er lächelnd.

„Und sie fürchten sich nicht?“ erkundigte sie sich, ihn weiterhin eindringlich musternd.

Er schüttelte den Kopf und begann sich eine Zigarette zu drehen.

„Oh, machen Sie mir auch eine?“ bat sie ihn. Als er ihr den Tabak reichte, wehrte sie ab: „Hab's schon so oft probiert … Es fehlt mir das Geschick oder einfach die Geduld.“

Friederich reichte ihr ein Produkt seiner kleinen Handwerkskunst, und sie lobte und bewunderte es, bevor sie die Zigarette mit dem eigenen Feuerzeug anzündete.

Es folgte ein ausgedehntes Schweigen, während dem sie ihn unablässig betrachtete, als wollte sie ein Geheimnis ergründen. Friederich, der nicht recht begriff, worauf sie hinauswollte, ließ es geschehen. Von Zeit zu Zeit erwiderte er den tiefsinnigen Blick, der ihn in seiner Unbestimmtheit doch berührte.

Schließlich atmete sie seufzend aus und gähnte. „Bin ich müde … Hab heute draußen übernachten müssen und kaum ein Auge zugetan."

„Ist es um diese Jahreszeit nicht noch ein bißchen zu feucht dafür?"

Sie lachte. „Es hat sogar geregnet. Und dann dieser höllische Sturm! … Einmal hab ich ganz in der Nähe einen Baum bersten gehört. Ein Ächzen und Krachen, das muß man erlebt haben!"

Friederich wiegte bedenklich den Kopf. „Sind Sie auf Reisen, oder haben Sie kein Zuhause?" fragte er, ohne verletzend zu wirken.

„Bin gestern per Anhalter aus Regensburg gekommen, wo meine Eltern wohnen. Der nette junge Herr, der mich mitgenommen und mir für die nächsten Tage Unterkunft in Aussicht gestellt hatte, ist am Abend leider ohne Vorwarnung verschwunden, als ich im Restaurant auf die Toilette gegangen bin."

„Kein Verlaß auf die Leute", scherzte er etwas unbeholfen.

„Einer von denen, die es mit der Angst zu tun bekommen, wenn du nicht ihrem Frauenideal entsprichst", stellte sie fest und kratzte sich nervös an einer Wade. „Ich suche nämlich Arbeit, müssen Sie wissen. Aber mein Startkapital ist gleich null, und das erschwert die Sache natürlich."

„Auf welchem Gebiet suchen Sie denn etwas?"

„Ja, wenn ich das wüßte", sagte sie und prustete vor Lachen.

Friederich mußte ebenfalls lachen, und die Frau erzählte ihm nun von ihrem Studium an einer Dolmetscherschule und von einem Job als Sekretärin, den sie nach einem halben Jahr hingeworfen hatte, weil sie es in dem aseptischen Büro mit seinen fünf dressierten Ziegen nicht länger ausgehalten hatte; sie erwähnte eine abgebrochene Gärtnerlehre, vorübergehende Beschäftigungen in verschiedenen Betrieben, gescheiterte Beziehungen und einen kurzen, aber lehrreichen Aufenthalt im Knast; und nachdem sie zugegeben hatte, daß es ihr wahrscheinlich an Anpassungsfähigkeit fehle, forderte sie mit kindlichem Eifer einen guten Rat. „Es wird doch in dieser gottverdammten Welt auch für einen Nichtsnutz wie mich ein Plätzchen geben", meinte sie heiter.

Friederich suchte seine offenkundige Verlegenheit hinter der Bemerkung zu verbergen, daß er zu wenig über ihre Interessen Bescheid wisse.

„Nennen Sie mir einen Beruf, bei dem ich mit ehrlichen Leuten zusammenarbeiten kann und nicht vor lauter Monotonie und Streß stumpfsinnig werde, und ich will mich bemühen und selbst ein erneutes Studium auf mich nehmen", sagte sie feierlich und schaute ihn dabei spitzbübisch an.

„Ja, das ist nicht leicht ...", murmelte er, und man merkte, daß er sich nicht wohl in seiner Haut fühlte.

„Nehmen Sie's nicht tragisch ...", beruhigte sie ihn. „Sie sind ein lieber Kerl. Hätt' ich gar nicht erwartet, als Sie mich anfangs so ernst und prüfend angesehen haben ... Was ist eigentlich Ihr Sternzeichen?"

Friederich, der zwei neue Zigaretten drehte, erwiderte ohne große Begeisterung: „Zwillinge."

„Hab ich mir gleich gedacht." Und sie begann ihm die astrologischen Vorzüge seines Geburtsdatums auseinanderzulegen.

Die Dämmerung brach an. Aus dem Gehölz des gegenüberliegenden Ufers tauchten drei Wildenten auf, hopsten ins Wasser und glitten davon. Friederich wollte aufbrechen.

Aber er fand nicht die Kraft, sich von der Frau, die ihm inzwischen ihren Namen genannt und seinen erfahren hatte, zu verabschieden. Eine lähmende Ziellosigkeit lag ihm wie Blei in den Gliedern. Vielleicht war es auch die Angst vor dem Alleinbleiben, die ihn festhielt.

Erst als sie vorschlug, zusammen ein Gläschen trinken zu gehen, überwand er seine Trägheit. „Ich muß jetzt nach Hause", sagte er und erhob sich. Dann holte er die Brieftasche hervor, hockte sich vor Ilse auf die Fersen und übergab ihr sein ganzes Bargeld, 350 DM, mit den Worten: „Vielleicht kann Ihnen das ein wenig weiterhelfen." Dabei blickte er ihr wohlwollend und hilflos in die Augen, während sie eine freundschaftlich tadelnde Grimasse zog und lachte.

Als er sich wieder aufrichtete, fragte sie noch: „Bist du verheiratet?"

„Ja", antwortete er, ohne zu überlegen.

„Hab ich's doch gleich gewußt …", flüsterte sie und nickte resignierend mit dem Kopf.

In der Stadt gingen die Lichter an. Banken und Geschäfte waren schon lange geschlossen und alles auf eine intensive Nutzung des Feierabends ausgerichtet.

Nach einigem Herumirren fand Friederich in einer verkehrsarmen Straße ein Lokal mit Tischen im Freien und bestellte eine Tasse Kaffee. Um ihn herum saßen ausschließlich junge Leute, die wunderbar mit ihrem Leben zurechtkamen. Eine Art Mannequin erklärte ihren Freunden in einem unerträglichen Ton, wie furchtbar interessant und erfüllend ihr neuer Job sei. Es hatte fast den Anschein, als wollte sie einen Vorgesetzten von ihrer Arbeitsmoral überzeugen.

Die Zeit verging. Plätze wurden frei und gleich wieder von neuen Gästen eingenommen. Der Kellner kam zweimal. Doch der versteinerte Gesichtsausdruck des beleibten Herrn hielt ihn davon ab, eine weitere Bestellung zu fordern.

Friederich hatte das Gefühl, daß sein Hirn sich immer mehr verkrampfe, sich ausweglos bis zum Zerreißen spanne. Er versuchte konkrete Überlegungen anzustellen, um sich von dem Druck zu befreien. Jedoch mit wenig Erfolg.

Ein einziger Gedanke beschäftigte ihn hin und wieder, wenn auch nur oberflächlich. In den letzten Monaten hatte er an sich beobachten können, wie sehr seine höchst wandelbare Seelenverfassung die Sicht der Dinge beeinflußte. Und während er nun nach einer psychologischen Erklärung für diese Gemütsschwankungen suchte, konnte er nicht umhin, die Ursache in der unfaßbaren Unbeständigkeit seiner Umwelt zu sehen.

Die wissenschaftliche Lehre der Entstehung und der Beseitigung von Depressionen, für die er sich als Student begeistert und auf die er sich in den Jahren seiner therapeutischen Tätigkeit gestützt hatte, erschien ihm auf einmal schändlich und hassenswert. In ihrer heutigen Anwendung bedeutete sie meist eine entartete Fortsetzung althergebrachter Moral, eine individuelle Schuldzuweisung ohne religiöse Rechtfertigung. Eine scheußliche Perversion.

Irgendwann überfiel ihn eine totale geistige Mattigkeit, und Friederich erschrak, als er sich daran erinnerte, daß er der Frau sein ganzes Geld gegeben hatte, fand aber noch genügend Münzen, um einer mißlichen Auseinandersetzung mit dem Kellner aus dem Weg zu gehen.

Im hellen Mondschein kehrte er zum Bach zurück. Mit Herzklopfen erreichte er die Stelle, an der er gesessen hatte, und fand sie verlassen.

Die Nacht wälzte er sich mit Alpträumen im Bett.

IX

Am nächsten Morgen schloß Friederich sich nach dem Frühstück in seinem Zimmer ein. Der kräftigen tschechischen Putzfrau hatte er schon auf dem Gang erklärt, sie brauche sein Bett nicht zu machen, und nun saß er mit starrem Blick und vor Erschöpfung schmerzendem Kopf an der Fenstertür, die auf einen öden, regennassen Innenhof ging. Er hatte Angst, Leuten zu begegnen, ihnen in die Augen sehen und mit ihnen reden zu müssen. Und diese Angst steigerte sich bald zu der unsinnigen, fixen Idee, daß er sein Zimmer nicht mehr würde verlassen können.

Minze thronte inmitten der weinroten Steppdecke, dem Prunkstück der billigen Einrichtung, und betrachtete ihn andächtig. Seit ihrer Ankunft hatte sie fast ununterbrochen geschlafen, doch war ihr nicht entgangen, daß Friederich etwas Schlimmes zugestoßen sein mußte. War er bereits zu Hause elend zerrüttet und äußerst launisch gewesen, so schien ihm der Wechsel nach München den Rest gegeben zu haben.

Die Katze, die in der Vergangenheit nur aus uneigennütziger Neugierde ab und zu ihre Nase in Friederichs Angelegenheiten gesteckt hatte, wurde nicht klug aus der Unrast, die ihn seit Monaten plagte und inzwischen ohne ersichtlichen Grund in regelrechte Raserei ausarten konnte.

Und gewiß trug die Unmöglichkeit, ein offenes Gespräch mit ihm zu führen, zu diesem Unverständnis bei. Es war aber auch die Verschiedenheit der *Charaktere*, die es ihr nicht leichtmachte, den Ursprung seines seltsamen Betragens zu erraten.

In ihrer Jugend hatte Minze zusammen mit dem logischen Denken Gerechtigkeits- und Schönheitssinn entwickelt. Gleichwohl war ihr ein ganz eigenes Zeitgefühl geblieben, das es ihr erlaubte, tagelang dahinzuschlummern, wenn die weitere Umgebung nichts Besseres zu bieten hatte. Und diese gewissermaßen indianische Ruhe ohne mystischen Hintergrund konnte schlecht darauf zurückgeführt werden, daß sie sich nicht um ihren Lebensunterhalt zu kümmern brauchte; auch Friederich hatte in dieser Hinsicht keine Sorgen und hielt es dennoch nicht länger als sieben, acht Stunden zwischen den Leintüchern aus.

Vielleicht war die Eigenart der Katze damit zu erklären, daß sie von klein auf ausschließlich Beobachterin menschlichen Lebens gewesen und nicht in die üblichen Auseinandersetzungen mit Gleichaltrigen und Erwachsenen verwickelt worden war, die über Niederlagen und Erfolgserlebnisse zu einer mühsamen Selbstfindung führen. Als Außenstehende und ohne diesen komplizierten Reifungsprozeß, der unter den Menschen sowieso nur selten nennenswerte Früchte hervorbringt, hatte sie die Welt kennengelernt und sich dabei einen gesunden Gleichmut gegen alles, was sie nicht direkt bedrohte, bewahrt.

Natürlich konnte das nur ein Teil der Wahrheit sein, denn Minze war zwar ein denkendes Wesen, verfügte aber nicht über jene menschliche Handfertigkeit, die schon allein Tatendrang erzeugt und somit unvermeidlich Unruhe stiftet.

Wie dem auch sei, Friederichs seelische Qualen waren ihr schwer zugänglich. Da sie jedoch trotz ihrer kontemplativen Natur im Lauf der Jahre eine gewisse Zuneigung zu ihm gefaßt hatte, drängte es sie, endlich zu erfahren, was ihn da bis in den Schlaf hinein verfolgte und terrorisierte. Die plötzliche Verschlechterung seines Zustands, die ihr in der vorletzten Nacht bei seiner Rückkehr ins Hotel aufgefallen war, hatte in ihr sofort die Erinnerung an das geohrfeigte Kind im Stadtpark wachgerufen. Und wie sie ihn nun gleich einem zum Tode Verurteilten auf dem Stuhl hocken sah, nahm sie sich vor, bei erster Gelegenheit das Hotel zu verlassen, um einen Blick in die Zeitungen zu werfen.

Sie hatte eben diesen Entschluß gefaßt, als Friederich sich wie unter telepathischem Einfluß zu ihr umdrehte. Nachdem er sie eine Weile eindringlich und zugleich wie abwesend angeschaut hatte, fragte er: „Sag mir, sag doch, was soll ich tun?“ In seinen Worten schwang eine traurige, verzweifelte Zärtlichkeit mit.

Um ihn zum Weiterreden zu bewegen, miaute die Katze und streckte ihm eine Vorderpfote entgegen. Sie hoffte, ein *Selbstgespräch mit einem Tier* könnte ihn zu Geständnissen verleiten, die ein wenig Licht in seine Situation brachten.

Und tatsächlich ging er darauf ein, beugte sich vor und flüsterte, indem er sie mechanisch hinter den Ohren kraulte: „Mutter behauptete immer, nur wer Charakter und Kultur besitzt, könne heute bestehen, jeder andere sei dem unsteten Treiben unserer Zeit hilflos ausgeliefert … Aber ist es denn nicht gerade umgekehrt?“ Minze lauschte reglos, um ihn nicht abzulenken. „Zeig mir einen anständigen Menschen, einen einzigen, der sich nicht selbst verleugnet“, fuhr er herausfordernd fort. „Einen, der uns heute noch durch den Adel des Geistes zu beeindrucken und zu beschämen vermag! „

Den letzten Satz hatte er laut und kategorisch ausgesprochen. Aber schon nach einer kurzen Pause lachte er gezwungen auf: „Hehe! Wo hab ich denn diesen abstrusen

Ausdruck her? Adel des Geistes! ... Der stammt gewiß aus Großvaters Sagenbuch." Er kicherte blödsinnig vor sich hin, und Minze, der seine nervösen Liebkosungen lästig zu werden begannen, zog sich auf das Kopfkissen zurück. Friederich achtete nicht darauf. „Man kann ungebildet und bitterarm sein und Kultur besitzen ...", belehrte er sie, indem er die Stimme der verstorbenen Mutter nachäffte. Und nachdem er vergeblich auf eine Reaktion gewartet hatte, schlug er mit der Faust auf die Matratze und schimpfte: „Wenn gute Erziehung von keinem mehr anerkannt und geschätzt wird, dann hat sie auch keinen Wert mehr! Dann kannst du sie dir an den Hut stecken!! ..."

Die Katze beobachtete ihn mißtrauisch. Oft genug hatte sie in der Vergangenheit Gelegenheit gehabt, in Dr. Güthlins Praxis unvorhersehbaren, impulsiven Ausbrüchen von Patienten beizuwohnen. Aber es verängstigte sie immer noch, wenn einer mit solchem Ungestüm zusammenhangslos daherredete.

Friederich, der ihre Furcht bemerkt hatte, lächelte gequält und fing an, sich das linke Hosenbein zu reiben. Seine Gesichtsmuskeln zuckten unwillkürlich, während er zunehmend blaß wurde und die Augen sich in einem Ausdruck unsagbaren Entsetzens weiteten. „Wie hab ich das tun können? Wie?! ..." murmelte er endlich düster.

Er atmete jetzt unregelmäßig und schnell, zitterte am ganzen Leib und schüttelte immer wieder energisch den Kopf, bis er sich verschluckte, krampfhaft hustend zum Waschbecken eilte und sich übergab.

Es dauerte eine Zeitlang, bis er sich einigermaßen gefangen hatte. Matt und angewidert blickte er in den Spiegel. In dem verschwitzten Gesicht mit dem geschwollenen, schlaffen Fleisch und den dunklen Augenringen war keine Spur seines einstigen Stolzes zu erkennen. Es drückte – wie bei Menschen mit ausschweifendem Lebenswandel – nur

Verfall aus.

Eine abgrundtiefe Trostlosigkeit erfaßte Friederich. Weder in ihm selbst noch in der Welt draußen war etwas, woran er sich hätte festhalten können. Seine Müdigkeit verlangte gewaltsam nach Frieden, und er wünschte sehnlichst, sich in Nichts auflösen zu können.

Lange kostete er die Hoffnungslosigkeit seiner Lage aus, spielte mit dem Gedanken an Selbstmord und malte sich in allen Einzelheiten die möglichen Folgen aus, bis er auch dessen überdrüssig wurde und sich daran machte, das Becken zu säubern, um sich ein wenig zu erfrischen.

Das Wasser tat gut. Und während er die verschränkten Arme unter den kalten Strahl hielt, kamen ihm die geliebten Künstler in den Sinn, an deren Werken und Biographien er sich in der Vergangenheit oft aufgerichtet hatte. Als Student waren sie ihm Leitsterne gewesen, hatten ihn ohne Zweifel mehr gelehrt als der ganze dreizehnjährige Schulaufenthalt. Später hatte er sich ihrer in schweren Stunden erinnert, um sich in der Freiheit ihres Denkens und Schaffens wiederzufinden. Wie anderen Gott Halt und Trost war, ergab sich für ihn aus der einfachen Existenz solcher Menschen die Berechtigung, ja, die Verpflichtung zu leben.

Als er sich aber jetzt vorstellte, was geschehen würde, wenn diese Maler, Musiker und Dichter in unseren Tagen durch einen Zauber wiedererweckt würden, schauderte ihn. Ohne jeglichen moralischen Rückhalt beim Publikum und überhaupt ohne ein Material, aus denen sich etwas Kunstähnliches formen ließ, würden sie scheu und verstört im Verborgenen ihr Leben fristen, während rundherum alles in Bewegung war und niemand von ihnen Notiz nahm …

Friederich wandte sich unvermittelt Minze zu. Seine Augen hatten sich zu zwei Schlitzen verengt, und er zischte böse: „Ich habe ihn aus Haß umgebracht, verstehst du?! Aus blindem Haß!“ Die Katze spitzte die Ohren.

Die Tatsache, daß er ein *Wort* für sein Mordmotiv gefunden hatte, schien Friederich neues Selbstvertrauen zu geben, denn er setzte sich auf den Bettrand und fuhr in beschwörendem Ton fort: „Wohin du dich auch drehst, überall wird dein Haß geschürt ... Schau dir doch die umweltbewußten Schwätzer an, wie sie aus Wichtigtuerei oder Konformismus den Weltuntergang predigen und dann ganz selbstverständlich in Urlaub fahren. Ich hasse sie!!" Er senkte den Kopf, um nach einer Weile nachdenklich wieder anzuheben: „Weißt du, es ist nicht allzu lange her, da gab es noch überhaupt keinen Urlaub. Da feierten Arme und Reiche ihre Feste, die Kinder freuten sich auf die Schulferien, und Künstler und Gelehrte unternahmen, wenn sie es sich leisten konnten, in ihrem ganzen Leben vielleicht ein paar Bildungsreisen. Die Idee, daß die Erdbewohner eines Tages jede Gelegenheit nützen würden, um vor dem eigenen Zuhause in den Urlaub zu flüchten, hätte man damals schlichtweg für närrisch gehalten." Friederich wurde grimmig: „Und meine lieben Landsleute, die verbissen zwei Kriege geführt und sich mit Schimpf und Schande bedeckt haben, was tun die heute? Gott hatte ihnen die klassischen Ideale und die Begabung, diese zu verwirklichen, in die Wiege gelegt, und wie haben sie es ihm gedankt? Sie setzen inzwischen all ihre Zähigkeit und Intelligenz dafür ein, die Welt als Urlauber zu erobern!"

Friederich, der sich erhitzt hatte, als wäre er in eine heftige Diskussion verwickelt, verstummte, da er Minzes unerschütterlichen Blick bemerkte. Nach vorn gebeugt, die Ellbogen auf die Knie und die Stirn in die Hände gestützt, stöhnte er und schnaufte. Es war lächerlich, gegenüber einer Katze sein Herz auszuschütten, dessen war er sich bewußt, und dennoch klagte er: „Wie sollte ich sie nicht hassen, diese Urlauber, die mit ihrer unverschämten Geistlosigkeit jeden sehenswerten Ort verseuchen dürfen? ...

Wenn es nach mir ginge, müßte einer, der vorgibt, Florenz zu lieben, und mit einer Videokamera herumläuft, sofort in eine Erziehungsanstalt eingeliefert werden!!"

Er seufzte niedergeschlagen, erhob sich und ging vor dem Bett auf und ab.

Nach einem längeren Schweigen nahm er seinen Monolog wieder auf: „Es ist erwiesen, daß Haß die Folge ungelöster Konflikte in der Familie oder am Arbeitsplatz ist. Da ich weder eine Familie noch einen Arbeitsplatz habe, müßte ich in meiner Vergangenheit nach dem Ursprung meines Hasses forschen. Und wahrscheinlich sollte ich mich an einen Kollegen wenden, weil man sich in solchen Fällen nicht selbst helfen kann ..." Er lachte belustigt auf und zog eine Fratze. Dann fuhr er sinnend fort: „Wenn ich aber nicht krank bin, warum hassen dann die anderen nicht ebenso? Warum begegne ich nie jemandem, der wenigstens zugibt, unzufrieden, unglücklich zu sein? Ist das etwa verboten? ..."

Friederich blieb vor dem Fenster stehen und blickte zum eintönig weißen Himmel empor, an dem ein Flugzeug brummte. Er wußte, daß er eine Entscheidung treffen mußte, und fühlte sich doch unfähig, etwas zu unternehmen. Was mochte aus denen geworden sein, die in jungen Jahren mit ihm gespielt und geträumt hatten und in derselben Welt groß geworden waren wie er? fragte er sich auf einmal. Saßen die jetzt ebenfalls in einem Zimmer und wußten nicht, was sie anfangen sollten?

Er grübelte noch eine Weile, bis er sich endlich einen Ruck gab, die Balkontür öffnete und die Hand hinausstreckte, um festzustellen, ob es regnete. Es bestand kein Zweifel, daß er mit jemand reden mußte. „Sonst werde ich noch tatsächlich verrückt. Haß mag gerecht und gesund sein, aber ich habe ja Angst vor mir selbst ... Jedesmal wenn ich daran denke, wie ich die Kanaille zusammengeschlagen habe, bekomme ich weiche Knie und mir wird übel." Nach kurzer Überlegung entschied er: „Ich werde zu einem Priester gehen. Der ist auch heute noch an die Schweigepflicht gebunden, und etwas mehr als Buße und Gottvertrauen wird er mir hoffentlich zu bieten haben."

Die Verfeinerung von Minzes Gefühlen hatte, wie bereits erwähnt, dazu geführt, daß ihr davor grauste, eine Maus mit Haut und Haaren zu verschlingen. Der Gedanke vom Mord an einem Artgenossen flößte ihr aber einen Abscheu ein, der jenseits aller zivilisatorischen Einflüsse lag. Es war für sie unvorstellbar, einer anderen Katze, aus welchen Gründen auch immer, mit Zähnen und Krallen den Garaus zu machen.

Sie konnte also Friederichs Bestürzung und Erregung nachvollziehen, obgleich sie über den Hergang der Dinge so gut wie gar nichts wußte. Neben dem Mitleid mit dem Unglücklichen beschäftigte sie jedoch die Frage, inwieweit er Gefahr lief, in einem Zuchthaus zu landen; denn einer solchen Prüfung sah sie ihn im Augenblick nicht gewachsen. In einem Kriminalroman hatte sie einmal gelesen, daß, während im Krieg die Toten nur summarisch gezählt und schnell archiviert werden, in Friedenszeiten jeder Mord vom zuständigen Kommissar mit einer Hartnäckigkeit und einer Ausdauer verfolgt wird, die weit über einen normalen beruflichen Ehrgeiz hinausgehen. Vor solchen Leuten mußte man sich in acht nehmen.

Um keine weitere Zeit zu verlieren, sprang sie vom Bett und ging an der Zimmertür kratzen, damit er sie hinauslasse. Friederich öffnete ihr mechanisch, und durch ein angelehntes Fenster im Erdgeschoß gelangte die Katze unbehelligt auf die Straße.

Inzwischen war er mit seinem Entschluß schon wieder ins Wanken geraten. Zum einen befürchtete er, daß es sich als sehr schwierig erweisen könnte, einen geeigneten Geistlichen ausfindig zu machen. War der Priesterstand nicht im Aussterben begriffen? Vielleicht gab es ohnehin nur mehr während der sonntäglichen Gottesdienste Beichtgelegenheiten, bei denen man sich kurz fassen und mit einer raschen Absolution bescheiden mußte.

Darüber hinaus hielt ihn aber auch die Vorahnung zurück, daß der Beichtvater ihn drängen würde, sich der Polizei zu stellen. Und wenn er nicht nachgab, konnte er sich dann auf die Einhaltung der Schweigepflicht verlassen? Existierte diese überhaupt noch, oder war sie, ohne daß er davon gehört hatte, letzthin abgeschafft worden? ... Im übrigen hatte es schon immer Fälle gegeben, in denen die heilige Pflicht verletzt und die Staatsgewalt verständigt worden war, um die Gemeinschaft vor weiterem Schaden zu bewahren.

Friederich, der sich während dieser Überlegungen umgezogen hatte, verließ das Hotel, ohne mit der Sache ins reine gekommen zu sein. Als er unter dem Vordach den Schirm aufspannte, erinnerte er sich der Kirche, die er tags zuvor betreten hatte, nachdem er am Portal von einem Bettler aufgehalten worden war. In diesem Gotteshaus, dessen Überfülle an vergoldeten Ornamenten und pastellfarbenen Malereien frisch und unberührt erschien wie Neuschwanstein auf den Postkarten, waren ihm die je vier Beichtstühle aufgefallen, die längs der beiden Seitenschiffe in beträchtlichem Abstand voneinander aufgestellt waren. Obwohl auch diese mit Schnitzereien überladen und sorgfältig restauriert waren, hob sich ihr dunkles, von der Zeit veredeltes Holz derart von dem süßlichen Mauerwerk und den völlig unpassenden, modernen Bänken im Mittelschiff ab, daß sie wie nicht dazugehörige kostbare Möbelstücke wirkten.

Über den kurzen Vorhängen, die den Oberkörper des

Priesters verbargen und diesem gleichzeitig ermöglichten, ohne sein Türchen zu öffnen, einen Blick nach draußen zu werfen, waren mit Reißzwecken Namenskärtchen angebracht. Und auf einem hatte Friederich *Pater Jeremias* gelesen. Da ihm der Name gefiel und er jetzt ohnehin keine andere Orientierungshilfe hatte, machte er sich zur Kirche auf.

Der Zufall fügte es, daß der Beichtstuhl zu dieser Stunde besetzt war. Eine ältere Frau, die gerade ihr Gewissen erleichtert hatte, verließ ihn in dem Augenblick, als er dort anlangte, und ging zu einem Nebenaltar, die aufgetragenen Bußgebete zu verrichten. Friederich wartete, weil er meinte, man müsse dem Gottesdiener einige Minuten lassen, um sich nach dem erfolgten Sündenbekenntnis zu sammeln. In Wirklichkeit war es wohl eher eine plötzliche Scheu, die ihn zurückhielt. Was sollte er dem Mann erzählen? War die ganze Situation nicht überhaupt lächerlich? Konnte ein reueloser Mörder verlangen, von einem Doktor der Theologie getröstet zu werden?

Die Befürchtung, daß dieser sich mangels weiterer Bußwilligen zurückziehen könnte, veranlaßte ihn endlich, auf das dreiteilige Gehäuse zuzutreten.

Er kniete nieder, atmete den vertrauten Holzgeruch ein, betrachtete gebannt das Gitter, hinter dem die gedämpfte Stimme erklang, und bekreuzigte sich. Der Ort führte ihn zurück in eine Zeit, da er noch mit dem Vater im Himmel gesprochen, ihn im Leid angefleht und in der Freude gepriesen hatte. Und als die Stimme ihn aufforderte, seine Sünden zu bekennen, empfand er auf einmal dieselbe Verlegenheit wie damals, wenn er anhand der zehn Gebote seine Schuld zu bestimmen suchte.

Friederich preßte die Lippen zusammen. Er schämte sich und fühlte sich fehl am Platz. Und hätte die Stimme ihn in diesem Moment gutmütig gefragt, ob er denn nicht beichten wolle, er wäre wahrscheinlich aufgestanden und fortgegangen.

Doch Pater Jeremias war geduldig. Er hatte es mit der Confessio schon immer so gehalten, daß er die Menschen, die zu ihm kamen, um eine Last loszuwerden, von der sie sich nicht anders zu befreien wußten – denn darum handelte es sich ja in allen ernst zu nehmenden Fällen –, daß er diese Menschen nicht unverlangt ermunterte, sich ihm anzuvertrauen. Und dies nicht allein, weil nach seinem Verständnis die Reue frei und spontan erfolgen mußte, damit die heiligmachende Kraft des Sakraments wirksam wurde, sondern auch, weil erfahrungsgemäß jedes noch so rücksichtsvolle Drängen ein Geständnis hinauszögern, wenn nicht gar gefährden konnte.

Eine unbestimmte Zeit verstrich, ohne daß ein Wort gewechselt wurde. Dann hatte Friederich sich soweit beruhigt und Klarheit darüber verschafft, was ihn in die Kirche geführt hatte, daß er begann, sein Anliegen vorzubringen.

„Ehrwürdiger Pater, ich habe vor über dreißig Jahren das letzte Mal gebeichtet und glaube nicht an Gott … Das heißt nicht, daß ich geringschätzig von Gläubigen denke oder versuche, sie von ihrem Glauben abzubringen. Aber die Vorstellung von einem allmächtigen Vater entspringt für mich zu offensichtlich dem menschlichen Bedürfnis nach unbegrenzter Weisheit, Gerechtigkeit und Liebe, als daß ich daraus Sicherheit und Kraft schöpfen könnte. Ich sträube mich nicht gegen Gott, ich kann ihn mir nur nicht einreden."

Friederich machte eine Pause, um Pater Jeremias Gelegenheit zu geben, etwas zu erwidern. Da dieser aber nichts sagte, fügte er etwas trocken hinzu: „Das vorweg, um Ihnen unnötige Mühe zu ersparen …", und holte tief Luft.

Es dauerte wiederum eine Weile, bis er fortfuhr: „Sie

fragen sich gewiß, warum ich zu Ihnen gekommen bin ... Wissen Sie, vorgestern nacht habe ich einen unbekannten Mann umgebracht. Und obwohl ich mich nicht schuldig fühle – nein, ich bereue es nicht –, wird mir doch jedesmal schlecht, wenn ich daran zurückdenke ... Vor allem der Haß, dem ich wie ausgeliefert war, als ich den Kerl zusammengeschlagen habe, erfüllt mich mit Grauen."

Nach diesen Sätzen, die ihm vorher schon hundertmal durch den Kopf gegangen waren und die er jetzt fast automatisch aussprach, verstummte Friederich. Er meinte alles gesagt zu haben. Es fiel ihm nichts mehr ein.

Pater Jeremias seinerseits zeigte sich keineswegs empört oder erschrocken über das Bekenntnis. Für den Gottesdiener war die Schöpfung ein unfaßbares Wunderwerk, das ihn Tag für Tag in Staunen setzte und seine Liebe zum Herrn nährte, dessen Beurteilung im einzelnen ihm jedoch nicht zustand. Seine Aufgabe beschränkte sich darauf, das Gesetz zu verkünden und im demütigen Umgang mit seinen Schäflein jene Kenntnisse zu erwerben, die ihn zu einer sinnvollen Vermittlung desselben befähigten.

In gemessenem Ton, der etwas Mystisch-Unanfechtbares hatte und dennoch aufrichtige Anteilnahme verriet, bat er Friederich, Näheres über seine persönlichen Umstände und den Ablauf der Geschehnisse mitzuteilen. Dieser kam der Aufforderung zuerst nur zögerlich nach. Doch sowie er merkte, daß er an einen klugen, feinfühligen Mann geraten war, verzichtete er auf die selbstironischen Äußerungen, mit denen er anfangs noch seine Befangenheit ob der ungewohnten Rollenverteilung zu überspielen suchte, und setzte alles daran, ein möglichst klares Bild von der Verwirrung, die ihn seit dem Tod der Mutter plagte, zu zeichnen. Er ging ausführlich auf sein ständiges Schwanken zwischen äußerstem Haß und tiefster Verzagtheit ein und sprach die feste Überzeugung aus, daß seine Wankelmütigkeit keinen psychopathischen Ursprung haben könne.

„Bis zum vorigen Winter war mein Leben – auch wenn Sie mir das wahrscheinlich nicht zugestehen werden – auf ähnliche Weise ausgefüllt wie das Ihre. Ich war für meine Patienten da, deren existentielle Sorgen mich nicht nur vor der Langweile bewahrten, mit der jeder andere Beruf heute unweigerlich verbunden ist, sondern mir auch eine angenehme Dankbarkeit einbrachten, wenn ich ihnen helfen konnte. Ich war nicht eigentlich glücklich, aber ich hatte doch genug, um halbwegs zufrieden zu sein."

Friederich, der aufgrund der ungemütlichen Enge des Beichtstuhls ins Schwitzen geraten war, wischte sich mit dem Taschentuch über die Stirn. Er hätte es vorgezogen, in einem Sessel zu sitzen und zur Beruhigung eine Zigarette zu rauchen. Außerdem empfand er es inzwischen als ärgerlich, daß er seinem Gegenüber nicht in die Augen sehen konnte. Sobald er seine Selbstdarstellung beendet hatte, wollte er sich nach des Paters Bereitschaft erkundigen, das Gespräch anderswo fortzusetzen.

„Die zunehmenden Rückfälle unter meinen Patienten haben mich in den letzten Jahren öfters daran zweifeln lassen, ob eine Psychotherapie in unserer Zeit – von Einzelfällen abgesehen – wirklich mehr vermag als ein Austausch mit guten Freunden. Nach der verhängnisvollen Begegnung mit Jeff hatte ich dann wie eine Erleuchtung: In einer Gesellschaft, die solche Ungeheuer hervorbringt, sagte ich mir, ist die psychoanalytische Betreuung eine Sisyphusarbeit, die von Dummheit oder Heuchelei zeugt. Es hat wenig Sinn, Stachel zu entfernen, wenn man dem Kranken keine Gelegenheit zur Stärkung und Gesundung der Seele bieten kann, sondern von vornherein die Dickhäutigkeit eines Allesschluckers von ihm verlangen muß ..."

Friederich hatte den Sack geleert und erkannte doch,

daß er Pater Jeremias noch immer eine Erklärung schuldig war. Unwille überkam ihn. Sein Gang in die Kirche erschien ihm auf einmal wie eine unerträgliche Schwäche, und er beschloß, es kurz zu machen.

„Pater, seit sechs Monaten habe ich keine Beschäftigung mehr … Ich habe mich ebensowenig zu einer überreden können wie zum Glauben an den lieben Gott. Nachts erwache ich aus Alpträumen, in denen ich dem nackten Wahnsinn durch den Freitod zu entgehen suche … Pater, ich habe nie die Kirchengeschichte studiert und weiß doch, daß es in allen Epochen und unter den verschiedensten Bedingungen Heilige gegeben hat, die sich auf dieselben Wahrheiten beriefen und mit denselben Mitteln Frieden zu stiften und zu heilen vermochten. Diese Hoffnung auf einen Christenmenschen, der über dem vergänglichen Unglück steht, aber auch das irdische Leben liebt und eng mit ihm verbunden ist, hat mich zu Ihnen geführt."

Einen Augenblick wartete Pater Jeremias, ob noch etwas folgen würde. Dann ließ er den bangen Friederich nicht länger im Ungewissen und sagte mit seiner beherrschten Stimme, die schon allein eine Wohltat war: „Kommen Sie heute gegen fünf Uhr zu mir, wenn Sie möchten. Ich würde mich gern mit Ihnen unterhalten." Und er erklärte ihm, wie man zu seinem Kloster gelangte.

Friederich dankte, grüßte und ließ sich auf der nächstliegenden Bank nieder. Erleichtert schielte er zum Beichtstuhl hinüber, dem wenig später ein hochgewachsener, schlanker Kapuziner entstieg. Dieser war noch ziemlich jung, obgleich seine ausgesprochen vergeistigten Züge ihm ein beinahe altersloses Aussehen verliehen. Nach einer tiefen Kniebeuge verließ er die Kirche.

Die Glocken läuteten Mittag, und Friederich lief ein Freudenschauer über den Rücken. Schon daß der Pater keine Ausflüchte gebraucht hatte, um ihn loszuwerden, übertraf seine Erwartungen. Daß er ihn aber noch am selben Tag zu sich geladen hatte! Und dann sein gewinnendes Äußeres! Friederich, der den Begriff der dummen Schönheit stets für blanken Unsinn gehalten hatte, sprang auf und kehrte über einen langen Umweg beschwingt ins Hotel zurück.

Vor der Zimmertür erwartete ihn eine Minze, die mit ihrem zottigen, triefenden Fell erschreckend abgemagert erschien. Es hatte sie große Überwindung gekostet, in dem scheußlichen Naß durch die Straßen zu streifen, um sich Einblick in den lokalen Nachrichtenteil einer Zeitung zu verschaffen. Schließlich hatte sie jedoch herausgefunden, daß der Tote, um den es offensichtlich ging, vorbestraft und in dunkle Geschäfte mit den ehemaligen Ostblockstaaten verwickelt gewesen war – was beruhigend klang. Leider wollte sich die Polizei noch nicht festlegen. Die Nachforschungen liefen in alle Richtungen.

X

Nachdem er sich zum zweiten Mal an diesem Tag geduscht und ein frisches Hemd angezogen hatte, wollte Friederich zuerst das Problem des Mittagessens aus der Welt schaffen. Ein Problem deshalb, weil der Haushalt seines Körpers infolge der vielen Aufregungen und mangelhafter Nahrungszufuhr in der letzten Zeit völlig durcheinandergeraten war.

Während ein Tier sich in ähnlichen Fällen in eine Ecke verzogen und fastend darauf gewartet hätte, daß alles wieder von selbst in Ordnung kam, hatte Friederich seine Begegnung mit Pater Jeremias zu berücksichtigen. Und da ihm viel daran lag, halbwegs bei Kräften und bei klarem Verstand zu sein, um diese Gelegenheit nicht unnütz verstreichen zu lassen, glaubte er seine Essensunlust überwinden zu müssen.

In der Kindheit hatte es nach Krankheiten oder bei Verdauungsstörungen Haferschleim, Griesbrei, gedünstete Äpfel und dergleichen gegeben. Aber wie konnte er jetzt hoffen, in einem öffentlichen Lokal solch extravagante Wünsche erfüllt zu sehen? Blieb nur die Möglichkeit, sich mit trockenem Brot zu begnügen, von dem in jeder Bäckerei eine große Auswahl zu finden war.

Unterwegs fiel sein Blick auf die Vitrine einer bayerischen Gastwirtschaft, in der über der Getränke- und Tageskarte in geschwungenen Lettern eine „Gutbürgerliche Küche“ in Aussicht gestellt wurde. Und wenngleich Friederich nicht nach Wildschweinbraten oder Rehragout zumute war und ihn auch die Gemüsecremesuppen kein bißchen reizten, schien ihm doch plötzlich die auf dem verregneten Kinderspielplatz oder im düsteren Hotelzimmer hinuntergewürgte Semmel nicht mehr das Richtige angesichts der über sein künftiges Leben entscheidenden Aussprache, auf die er sich seelisch vorzubereiten hatte. Er öffnete also die Tür und betrat den überraschend großen Saal, der mit seinen breiten Kreuzgewölben, den kräftigen Tischen und dem landesüblichen Schmuck an den Wänden recht einladend wirkte. Ein unbeschäftigter Kellner schenkte dem Gast sogleich freundliche Aufmerksamkeit und war auch gern bereit, seinem delikaten Magen Rechnung zu tragen und neben dem Tafelspitz mit Salzkartoffel ein Schälchen des eigentlich zum Kaiserschmarren gehörigen Birnenkompotts zu servieren. Friederich, der die Feuchtigkeit von draußen in den Knochen hatte und eigentlich keinen Durst verspürte, bestellte pro forma noch ein stilles Wasser.

In Erwartung des Essens suchte er sich die wichtigsten Gedanken zurechtzulegen, um für das bevorstehende Gespräch gerüstet zu sein. Allein, er war zu zerstreut. Seine Augen blieben an monumentalen Bierkrügen, ländlichen Wandmalereien und dialektalen Sprüchen hängen, und als der Teller und die Glasschale gebracht wurden, kam er mit sich selbst überein, daß es wohl besser sei, die Bemühungen nach der Mahlzeit fortzusetzen.

Der Kellner fühlte sich nach der erwiesenen Gefälligkeit offenbar berechtigt, einen kleinen Schwatz zu beginnen. Er betonte wiederholt seine alte Freundschaft mit dem Koch und die Vorteile, die sich daraus auch für die Kundschaft ergaben. Und es kostete Friederich einiges Geschick, ihm indirekt zu verstehen zu geben, daß er unbehelligt zu speisen wünschte. Kaum war der Mann in die Küche abgezogen, um sich dort für die erlittene Demütigung zu entschädigen, wickelte der Gast die drei abgetropften Fleischscheiben für Minze in eine Papierserviette, worauf er lustlos die faden Kartoffeln und die süßen Birnen zu kauen begann.

Längst hatte er sein Mahl beendet, als der nunmehr reservierte Kellner sich wieder blicken ließ. Friederich, der sich nach weiteren fruchtlosen Ansätzen damit abgefunden hatte, den Versuch einer Lageklärung auf die Rückkehr in die einsame Kammer zu verschieben, wollte mit ein paar konventionellen Worten eine Aussöhnung herbeiführen, stieß aber bei dem in seiner Ehre Verletzten auf kein Entgegenkommen.

In einem türkischen Laden erstand er für die Katze, die keine reine Fleischfresserin war, zwei Mandarinen. Und er nahm sich auch vor, demnächst wieder besser für sie zu sorgen. In den letzten Wochen und Monaten hatte er das Tier arg vernachlässigt und einmal sogar dabei erwischt, wie es mit einem gestohlenen Brathähnchen aus dem Küchenfenster eines benachbarten Erdgeschosses sprang.

Während Minze die auf einem sauberen Handtuch ausgebreiteten, geschälten und zerlegten Zitrusfrüchte und einen Teil des Tafelspitzes verschlang, las Friederich geduldig die an der Tür angeschlagenen *Verhaltensregeln im Brandfall*. Die ruckartigen, schmatzenden Bisse der Katze hinderten ihn am Nachdenken. Als es dann wieder still geworden war, legte er sich aufs Bett und schloß die Augen.

Er konnte Pater Jeremias nicht einfach sein Schicksal klagen oder von diesem verlangen, daß er sich seine ganze Lebensgeschichte anhörte. Synthetisch und konkret mußte die Schilderung seiner Symptome sein, und sie durfte keine Möglichkeit für religiöse Erklärungen oder Lösungen bieten.

Über zwei Stunden marterte er sich ab, bald auf dem Rücken ausgestreckt, bald seitlich zusammengekauert. Geistesblitze und langwierige Betrachtungen kamen und gingen, von Ordnung keine Spur. Es war ihm rätselhaft, wie er sich Hilfe erhoffen konnte, da er doch selbst nicht wußte, was er wollte. Und gewiß hätte er schnell entschlossen auf den Besuch im Kloster verzichtet, wenn nicht der Kapuziner seine aus Kindestagen stammende Ehrfurcht vor den Gottesdienern wiedererweckt hätte. Eine vage Ehrfurcht, über die er lachte und an die er sich gleichwohl klammerte.

Gegen drei Uhr hielt er es nicht länger in dem geschlossenen Raum aus. Unter dem Vorwand, die Adresse vielleicht falsch verstanden zu haben und bei der Ermittlung der richtigen Schwierigkeiten zu begegnen, verließ er eilends das Hotel.

Nach vielleicht fünfhundert Schritten stand er jedoch bereits vor dem an eine stattliche Kirche grenzenden, vierstöckigen Gebäude, dessen Wetterfahne auf dem Dachfirst einen weit ausschreitenden Mönch mit herabhängender Kapuze und einem Prozessionskreuz in der Rechten darstellte. Das Haus war platt und grau, der architektonische Schmuck beschränkte sich auf einrahmige, verwitterte Klappfenster, die wie auf Rechenpapier in gleichen Abständen angeordnet waren.

Friederichs Enttäuschung war groß. Nicht daß er mit einem prächtigen, jahrhundertealten Klosterbau gerechnet hätte – auf einen so unwürdigen Kasten, in dem der Staat nicht einmal das geringste seiner Ämter untergebracht hätte, war er aber nicht gefaßt gewesen. Wie wollte die Kirche noch für die Mystik des Glaubens werben, wenn sie leichtfertig darüber hinwegsah, daß der normale Mensch sichtbare Sinnbilder himmlischer Herrlichkeit brauchte, um einen heiligen Respekt vor Gott zu empfinden?

Am liebsten hätte er jetzt die verworrene Angelegenheit sofort hinter sich gebracht, doch er mußte davon ausgehen, daß auch ein Pater an einen festen Terminkalender gebunden war. Und da noch fast zwei Stunden vor ihm lagen, schlenderte er unschlüssig auf ein Café zu.

Natürlich konnte man alles baukünstlerische Elend mit dem Krieg entschuldigen und sich auch in diesem Fall einbilden, daß früher an derselben Stelle ein ansehnlicheres Gebäude gestanden hatte, für dessen Wiederherstellung bei den immensen Zerstörungen die Mittel gefehlt hatten. Aber ersetzten solch zweifelhafte Gedankenspiele irgend etwas? Machte das, was gestern vielleicht gewesen, das, was heute war, erträglicher?

Im Schutze einer Glaswand, gegen die bald schwerer Regen prasselte, tunkte Friederich sein Plunderhörnchen in eine Tasse warmer Milch, um es dann stückweise auf der Zunge zergehen zu lassen. Irgendwie mußte es gelingen, die immer noch unbeherrschten Magensäfte in den Griff zu bekommen.

Am Nebentisch verzehrten vier gesellige Trümmerfrauen als Lohn für ein arbeitsames Leben Sahnetorten und Himbeerkuchen. Sie scherzten und lachten, und in ihrem Sprechen und Gestikulieren zeigten sich eine Zwangslosigkeit und eine Offenheit, wie man sie in den nachfolgenden Generationen niemals antraf. Diesem frohsinnigen Selbstbewußtsein, ganz offensichtlich ein Überbleibsel aus der Zeit vor der großen Orgie, hatten wunderbarerweise weder grausige Abenteuer noch endlose Schinderei, noch schließlich die jetzige Fremdheit im eigenen Land etwas anhaben können.

Friederich lauschte und schmunzelte über den unkomplizierten, geraden Witz. Und als er dabei entdeckt wurde, gab er, um nicht in die lebhafte Plauderei hineingezogen zu werden, vor, der deutschen Sprache nicht mächtig zu sein. „I'm an Englishman", erklärte er, was großen Beifall fand.

Von nun an konnte er unbesorgt beobachten und horchen. Die Sächsin, die hauptsächlich das Wort führte, schaute hin und wieder, wenn sie eine besonders komische Anekdote von sich gab, belustigt zu ihm rüber. Und aus ihrem verschmitzten Lächeln war zu entnehmen, daß sie einige Zweifel an seiner englischen Herkunft hegte.

Sich selbst vergessend, lernte Friederich Geheimnisse nicht anwesender Personen kennen, teilte die Gefühle der antiquierten Damen über freudige und traurige Lokal- und Weltereignisse, und als die älteste von ihnen irgendwann bemerkte, die Kirchturmuhr habe gerade fünf geschlagen, stieß er ein erstauntes „Ach!" aus. Er verabschiedete sich mit einem mehrmaligen Kopfnicken und ging an der Theke zahlen.

Da waren im Nu zwei Stunden verflogen, und über den Sinn der baldigen Unterredung unter vier Augen bestand nach wie vor vollkommene Unklarheit. Doch während er sich vorhin noch den Kopf darüber zerbrochen hatte, wie er seine Not verständlich machen sollte, läutete er jetzt gelassen am Klostertor und beschränkte sich beim kurzen Aufenthalt im Wartezimmer darauf, die Bilder des Papstes und des Ordensgenerals zu begutachten.

Pater Jeremias begrüßte ihn herzlich und führte ihn über einen langen, leeren Gang in ein Zimmerchen, das, abgesehen von einem schlichten Kreuz an der Wand und vier Stahl-Ledersesseln um einen niedrigen Kunststofftisch, ebenfalls leer war. Der Mann in der braunen Kutte schien Friederich noch jünger und noch mehr Asket als im Halbdunkel der Kirche, und er fühlte sich ein wenig eingeschüchtert durch das fast ausgezehrte Gesicht mit den sanften Augen, das von Kasteiung und geistiger Weltferne zeugte.

Der Kapuziner nahm ihm gegenüber Platz und schwieg, so daß er nach einer Weile ohne Aufforderung anhob: „Pater, wie ich Ihnen bereits sagte, habe ich, seit mir die Tätigkeit als Therapeut unmöglich wurde, keine Beschäftigung mehr, die mein Leben oder zumindest meine Tage ausfüllt. Glücklicherweise bin ich nicht gezwungen, Geld zu verdienen, aber die Unduldsamkeit gegen mein gelähmtes Dasein inmitten aller nur erdenklichen *Ausgeburten der Hölle* wächst von Tag zu Tag und reibt mich auf. Immer öfter gerate ich in Situationen, in denen ich jemand in Gedanken seelenruhig umbringen möchte ... wenn mich nicht ein Verstandesverlust gar zum Äußersten treibt, wie in der vergangenen Nacht. Und natürlich phantasiere ich auch von Selbstmord ... Pater, ich bin nicht krank, nur besitze ich leider keinen Glauben. Ich habe stets auf die Güte vertraut, die ohne Glauben auskommt, ja die geradezu ein Ergebnis des Zweifels sein kann ... Doch dazu bedarf es eines Zuhauses, und das habe ich nicht mehr."

Nach dieser konzentrierten Darstellung bebte Friederich vor Erregung. Er war erstaunt, wie leicht ihm das von der Zunge gegangen war, und fürchtete zugleich, etwas Wichtiges vergessen zu haben.

Pater Jeremias blickte streng, doch ohne jeden Tadel vor sich hin. Und als er zu sprechen begann, stand seine Predigerstimme in einem eigenartigen Widerspruch zur jugendlichen Zartheit seiner Haut.

„Unsere Epoche ist von zahllosen Ängsten gekennzeichnet, und die Antwort auf die Frage, wie diesen zu begegnen sei, ist dieselbe wie zu den Zeiten der Pest. Allein aus den guten Werken schöpft der Mensch Mut und Trost. Sie schenken ihm die Kraft, von der er in finsteren Stunden zehrt, sie geben seinem Leben erst einen Sinn ..."

Friederich, der aufmerksam zugehört hatte, zögerte, ehe er ein wenig bitter entgegnete: „Und wenn sich keine

Gelegenheit bietet, gute Werke zu vollbringen? Wenn das Gewissen uns sagt, daß jedes Unternehmen von vornherein zum Scheitern verurteilt ist; daß es sich nur um lächerliche Donquichotterien handeln kann? Was bleibt uns dann? … Nicht alle sind für Wohltätigkeit und Mission geschaffen."

„Sie verwechseln Gewissen mit Vernunft. Diese mag uns die Vergeblichkeit alles Tuns vor Augen führen, während jenes uns offenbart, daß Gottes Wege unergründlich sind … Lernen Sie die Demut schätzen, die nicht umsonst eine bedeutende christliche Tugend ist … Kein noch so mächtiger Herrscher hat je einen mehr als episodischen Einfluß auf den Lauf der Geschichte gehabt. Im Kleinen aber vermögen wir mit Gottes Hilfe Großes zu leisten."

„Lieber Pater, unsere Welt ist mehr und mehr geprägt von einem wuchernden, kopflosen Konsumzwang, dem keine Kultur, Religion oder Ideologie hat Schranken setzen können und der kein entlegenes Bergdorf verschont … Wo sollte ich da eine Umgebung finden, in die ich mich einfügen könnte, ohne fast alles, was ich von meinen Eltern mitbekommen habe, aufgeben zu müssen und hoffnungslos zu verkümmern?"

„Gott bewahre uns davor, über unseren Nächsten zu richten. Großmut und Liebe mögen unseren Hohn und Zorn zügeln, auf daß unser Stolz nicht mit einer vernichtenden Einsamkeit geschlagen werde!"

„Pater, in der Bibel heißt es, Moses, der sanftmütigste Mensch auf Erden, habe viele von den Juden, die das goldene Kalb anbeteten, töten lassen."

Die Augen des Kapuziners loderten auf, doch er schwieg. Und Friederich dachte traurig: ‚Du hast leicht demütig sein, da Gott dein ganzer Stolz ist.'

Eine Zeitlang herrschte Stille in dem armseligen Raum, der so gar nicht zu den Klagen und Sentenzen paßte, die eben dort erklungen waren. Die zwei sahen ernst aneinander vorbei, bis Pater Jeremias in einem fast verzweifelten Ton einen letzten Versuch unternahm.

„Gerade in Augenblicken großer Verwirrung und Verzagtheit kann das Gebet, das innige Zwiegespräch mit Gott, eine wunderbare Stütze, eine letzte Zuflucht sein ..."

Friederich betrachtete ihn stumm und erkannte, daß er nicht zu denen gehörte, die aus Sorge um den eigenen Glauben diesen anderen aufzwingen möchten. In seinem Blick waren weder Mitleid noch Verdammung. Und als er zu ihm hinüberging, seine beiden Hände zu drücken, und „Gott erhalte Ihnen den Glauben!" flüsterte, meinte er es ehrlich.

Ohne ein weiteres Wort zu wechseln, durchquerten sie wieder den Gang und erreichten das Haustor des Klosters. Auf der Schwelle äußerte der Kapuziner noch die Bitte: „Wenn Sie auch nicht beten können, denken Sie manchmal an mich." Friederich versprach es.

XI

Wochen vergingen, Monate, es hätten auch Jahre sein können. Mit monotoner Regelmäßigkeit bliesen die Medien lokale Begebenheiten zu Weltereignissen auf, an die sich morgen kein Mensch mehr erinnern würde. Und derweil geschah gar nichts.

Um nicht durch einen allzu langen Aufenthalt aufzufallen und ausgefragt zu werden, hatte Friederich schon zweimal das Hotel gewechselt. Außerdem gab er sich im Bedarfsfall als Violinlehrer aus, der auf Besuch in München war. Denn so sehr er sich eine Bekanntschaft wünschte, die ihm aus seinem sterilen Grübeln heraushalf, ihm Perspektiven eröffnete, welche ihm aus Mangel an äußeren Anreizen oder aufgrund eigener Phantasielosigkeit verschlossen blieben – so sehr er ständig Ausschau hielt, er liebte es nicht, überflüssige Erklärungen über seine Person geben zu müssen. Und je gewöhnlicher man sich den anderen vorstellte, um so eher ließen sich solche Verlegenheiten vermeiden. Eine Richtigstellung im nachhinein stand einem immer frei.

Eine frühe, anhaltende Hitzewelle war lange Zeit das Hauptgesprächsthema in den Straßen und Läden gewesen. Und die Boulevardpresse hatte unter Berufung auf vermeintliche Experten bereits einen Super-Sommer angekündigt. Doch als dann Mitte Mai plötzlich Graupelschauer einsetzten, war niemand nachhaltig überrascht. Die zahlreichen gesichtslosen Kabriolettfahrer verschwanden ebenso schnell wieder von der Bildfläche, wie sie aufgetaucht waren, und eine gewisse hervorgekehrte Trägheit, die bis dahin das Stadtbild beherrscht hatte, wurde sofort durch die übliche schweigsame Arbeitswut abgelöst.

Friederich ging der allgemeinen Betriebsamkeit soweit als möglich aus dem Weg. Er hielt sich in öffentlichen Parks auf und schaute dort stundenlang Schachspielern verschiedenen Alters und verschiedener Nationen zu, Straßenkehrern und Gerichtsdolmetschern, Lastwagenfahrern und Klavierstimmern, Pensionisten und Schülern, die jeden Nachmittag derselbe kostenlose Zeitvertreib zusammenführte und deren genügsame Zufriedenheit und humorvolle Anteilnahme am Gang der Partien ablenkend und beruhigend auf ihn wirkte.

Oder er spazierte kilometerweit an der Isar entlang, wo Bäume und Sträucher ein tägliches Fortschreiten des Frühlings verrieten. Die zarten, harzigen Knospen und die jungen, flaumigen Blätter, die ständig neuen Blütenfeste und das nun wieder kräftigere Licht ließen ihn nicht gleichgültig. Und doch war er nicht in der richtigen Stimmung, um sich über dieses Erwachen der Natur richtig freuen zu können … Kam die Blutleere, die ihm der Anblick der Flußlandschaft im ganzen vermittelte, von der krassen Disharmonie in der Architektur der Villen und Reihenhäuser und der lieblosen Bepflanzung ihrer Gärten? Er wußte es nicht.

Wenn es regnete, hockte Friederich zumeist in einem unterirdischen Bahnhofscafé, dessen entwurzeltes, teilweise ziemlich heruntergekommenes Publikum etwas Familiäres für ihn hatte, obwohl er doch gar nicht dazugehörte und auf gelegentliche Annäherungsversuche einzelner mitteilsamer Gäste stets wortkarg reagierte. Bei unaufdringlicher klassischer Pop-Musik, die aus verschiedenen Ecken erklang, hing er seinen Gedanken nach, las Zeitung, beobachtete Spieler, die unbeirrbar ihre Automaten fütterten und Knöpfe drückten, oder hörte zu, wenn in einer verständlichen Sprache geredet oder gestritten wurde. Der Ort förderte seine schon durch das Wetter begünstigte Schwermut, aber er war dort wenigstens nicht allein.

Manchmal erinnerte Friederich sich an Franzis Frage nach seiner Bereitschaft zu sterben, falls sich sein Leben als nicht lebenswert erweisen würde. Während er diese damals impulsiv bejaht hatte, vermochte er die leidenschaftliche Zustimmung jetzt nicht mehr nachzuvollziehen. ‚Der Zahn der Zeit, einer zermürbenden Zeit, nagt an unserem Ehrgeiz', sagte er sich, ‚und die Anforderungen, die wir an uns selbst stellen, werden immer geringer.' Was bedeutete ihm inzwischen „lebenswert"? Wie, wo und warum sollte er leben oder nicht? Es war ihm schleierhaft, und so vegetierte er je nach Gemütslage dahin.

Wenn er daran dachte, wie hart Franzi und er in der Beurteilung zeitgenössischer Autoren gewesen waren, wie erbarmungslos sie alles verworfen hatten, was nicht konsequent an die hohe Tradition europäischer Kultur anknüpfte und diese weiterzuführen suchte, lächelte er wehmütig und bitter wie über ein Kind, das in seiner naiven Reinheit mehr fordert, als einem strengen, aber lebenserfahrenen Erwachsenen je einfallen würde. Und gleich darauf ärgerte er sich über seine Schwäche und schimpfte: „Alles hat seine Grenzen!"

Dennoch – während er seinerzeit nach *Satyricon* jede weitere Produktion von Fellini und ebenso die letzten Bergman-Filme gemieden hatte, sah er sich inzwischen, wenn auch ohne Eile und erwartungsvolle Begeisterung, jede neue Spielerei von Woody Allen an.

Von Kriegsgefangenen wird erzählt, sie hätten in den schlimmsten Augenblicken Holz gekaut, um sich über ihren Hunger hinwegzutäuschen.

Angeregt durch eine Taschenbuchausgabe von Rousseaus *Bekenntnissen*, die er in der Buchhandlung neben dem Bahnhofscafé erstanden hatte, und unterstützt durch eine Phase andauernder guter Laune, die ihm die mysteriöse Chemie seines Seelenlebens bescherte, begann Friederich eines Tages, sich die wichtigsten Bücher, die die geistige Nahrung seiner Jugend gewesen waren, bei einer städtischen Bibliothek auszuleihen. Wie von einer wilden Hast getrieben, las und überflog er Tag und Nacht, bis ihn in einem fiebrigen Erschöpfungszustand der Schlaf übermannte. Scott und Maupassant folgten Goethe und Tolstoj, Dostojewski und Nietzsche, Mann, Musil, Hamsun, Sartre und viele andere.

Er fand in diesen Büchern scharfsinnige Gedanken und wunderschöne Formulierungen, die ihn mit unendlichem Glück erfüllten, ließ sich auch von einzelnen längeren Passagen mitreißen – ohne sich indes jemals gänzlich vergessen zu können, wie einst. Die Lektüren hatten ihre betörende Wahrhaftigkeit verloren, waren, wie es den besten Eltern ergeht, geschrumpft und unvollkommen geworden.

Was ihn aber überraschte und auch irritierte, war die Feststellung, daß diese Schriftsteller, trotz ihrer bewundernswerten Menschenkenntnis, letztendlich ihre Ohnmacht eingestanden, indem sie durchblicken ließen oder offen erklärten, der Mensch sei ein vielseitiges, interessantes, im Grunde aber unverbesserliches Wesen.

Nirgends wurde, ungeachtet aller ideeller Spannung, eine Lösung angeboten. Und am Ende zog Friederich die Biographien vor, in denen die alte Welt mit ihrer gegebenen Ordnung wieder auflebte wie in einem Märchen, das keine falschen Versprechungen enthielt.

Das psychische Tief, das diese Periode relativer Ausgeglichenheit und Zuversicht ablöste, übertraf alle bis dahin durchgemachten Greuel.

Friederich träumte von einer Seuche, die von der maßlosen Reizung des menschlichen Körpers durch unnatürliche Geräusche und Farben, elektromagnetische Wellen und künstliche Stoffe herrührte, aber auch von entfesselten Kräften, die niemand kannte, da weder unsere Sinne noch irgendwelche Apparate sie zu identifizieren vermochten. Die Krankheit äußerte sich in einem Zusammenbruch des vegetativen Nervensystems, der anfangs hauptsächlich Stadtbewohner wie die Fliegen dahinraffte. Die Ärzte waren machtlos, keiner wußte zu sagen, ob eine Anstekkungsgefahr bestand, und ein jeder fürchtete sich vor dem anderen. Das Schauspiel der in aller Öffentlichkeit elendig Verreckenden löste nicht selten panikartige Reaktionen aus, und als die ersten Städter begannen aufs Land zu fliehen und sich daraufhin auch dort die Todesfälle mehrten, führte dies zu bürgerkriegsähnlichen Zuständen und schließlich zu einem Kampf aller gegen alle.

Im Traum hetzte Friederich selbst von einem Ort zum anderen, um den verderblichen Einflüssen zu entgehen, von denen er, da er mit keinem ein Wort sprach, nicht wußte, ob sie nur ihm bekannt waren. Und während er sich angstvoll beobachtete und auf verräterische Symptome lauerte, war er bemüht, seinen Nächsten durch nichts auf sich aufmerksam zu machen; denn er hatte erlebt, wie Menschen, denen augenscheinlich nichts fehlte und die nur ihre Selbstbeherrschung verloren hatten, von einer aufgebrachten Menge auf abscheuliche Weise angegriffen und massakriert worden waren.

Solch grauenvolle Visionen verfolgten ihn über mehrere

Nächte, und wenn er erwachte, fühlte er sich völlig erschöpft.

Ein andermal träumte ihm, er irre durch seine Heimatstadt und könne sein Elternhaus nicht finden. Er gelangte in altbekannte Gassen und auf brunnengeschmückte Plätze, die ihm als eindeutige Orientierungshilfen dienten, und kam doch nie ans Ziel.

Indessen mußte er bei jedem Schritt einer Flut von Chinesen ausweichen, die ihn von allen Seiten bedrängte. Diese unbekannten Massen, die er immer und überall antraf, wohin er sich auch wandte, gebärdeten sich äußerst lebhaft, und die Straßen hallten von ihren Stimmen. Schwatzen, Lachen und unaufhörliche Bewegung schienen ihr Lebenszweck zu sein.

Um in der Fußgängerzone vorwärtszukommen, die das gesamte Wohngebiet umfaßte, bedurfte es orientalischen Gleichmuts. Als Friederich diese jedoch einmal kurz verließ, geriet er in ein dichtes Netz von sich kreuzenden Verkehrsadern, über die sich endlose Schlangen von Automobilen mit fast durchwegs chinesischen Kennzeichen schoben. Die rundlichen Fahrzeuge, die ein einförmiges, auch in der Stadt vernehmbares Dröhnen erzeugten, konnten notfalls abheben und ein Stück durch die Luft gleiten, was zwar sonst unvermeidliche Zusammenstöße vermied, aber nicht wenig zu dem Ameisenhaufen-Gewimmel beitrug. Gelang ein solches Ausweichmanöver dennoch nicht, war dies nicht weiter schlimm, da die Gummikarosserien schadlos voneinander abprallten.

Bestürzt kehrte Friederich in die Stadt zurück. Die anfängliche Sorge ob der Unauffindbarkeit seines Hauses trat immer mehr in den Hintergrund, und bald fragte er sich nur noch, wie er diesem beängstigenden Menschenandrang entrinnen konnte. Beklommen suchte er sich gewaltsam Bahn zu brechen, setzte unwillkürlich die Ellenbogen ein und empfand um so mehr seine Ohnmacht. Das unerschütterliche Lächeln – manchmal erschien es ihm wie ein boshaftes Grinsen –, mit dem seine Unartigkeiten eingesteckt wurden, machte ihn wahnsinnig. Er begann mit den Füßen zu treten und mit den Händen um sich zu schlagen, bis er schließlich in einem Anfall von Klaustrophobie schweißgebadet und schreiend aus dem Schlaf hochfuhr und die Augen aufriß. Vor ihm, im Mondschein, der auf den unteren Teil des Bettes fiel, saß hochaufgerichtet Minze und blickte ihn besorgt an.

Einen Augenblick starrte er entsetzt auf die Katze. Sie kam ihm, weiß Gott warum, wie ein in ein Tier verwandeltes menschliches Wesen vor, das sich in das verschlossene Zimmer geschlichen hatte und in seinem geheimnisvollen Schweigen unmißverständlich etwas von ihm wollte.

Doch das währte nicht lange. Die Ernüchterung durch die falschen Bauernmöbel, die um ihn herum an den üblichen Plätzen standen, verscheuchte schnell die spukhafte Einbildung. Und Friederich ließ sich in das große Kopfkissen zurückfallen und senkte die Lider.

Während er in die nächtliche Stille lauschte, kam ihm ein Zeitungsartikel in den Sinn, in dem er letzthin gelesen hatte, die chinesische Führung hätte sich das stolze und originelle Ziel gesetzt, den Westen und Japan in der Konsumgüterproduktion möglichst bald einzuholen und zu überflügeln. Ein erster Schritt in diese Richtung sollte das Automobil sein, mit dem jeder Chinese im Lauf des nächsten Jahrzehnts sein Fahrrad austauschen würde.

Wenn dies gelang, was nicht auszuschließen war, würde eine friedliche Invasion ohnegleichen die Folge sein. Friederich, der noch unter dem Eindruck seines Traumes stand, fragte sich, ob im Vergleich dazu selbst die schlimmsten Kriege der Vergangenheit nicht ein geringeres Übel gewesen waren. Diese hatten zwar Tod und Zerstörung über die Menschen gebracht, doch als sie vorbei waren, konnte man zum normalen Leben zurückkehren. Ein Ende der friedlichen Invasion hingegen war nicht abzusehen.

Lebte er nicht jetzt schon in einer Art *permanentem Kriegszustand*? Alles war in einem fortwährenden Wandel begriffen. Andauernd mußte man auf neue Preise, neue Waren, neue Gesetze, neue Moden und neue Gefahren achten. Und nicht nur, daß sich kein begrüßenswertes Ergebnis dieser chaotischen Auflösung aller Werte am Horizont abzeichnete, die Überzeugung realistischer Experten war vielmehr, daß das Tempo der Erneuerungen noch erheblich gesteigert werden mußte, wenn die Menschheit überleben wollte.

In jener Nacht hatte Friederich keinen Schlaf mehr gefunden, und um fünf Uhr hatte er das Zimmer verlassen, um seine Gedanken bei einem Rundgang im Freien loszuwerden.

Wenn er in dieser Zeit, von seiner inneren Unruhe getrieben, wie ein angriffslustiger Bär durch München streifte, war er über alle Maßen reizbar. Begegnete er einem sich dreist aufspielenden Teenager oder einem durch leichtes Geld anmaßend gewordenen Hosenscheißer, so zuckte es jedesmal in ihm, und er mußte sich zusammennehmen, um den Betreffenden nicht am Kragen zu packen und zur Rede zu stellen.

Eines Nachmittags war es dann soweit. Friederich, der Drehfilter brauchte, betrat einen winzigen, unscheinbaren Tabakladen. Von der automatischen Klingel herbeigerufen, erschien durch die Verbindungstür zur angrenzenden Wohnung eine Mutter aus dem Volk mit einem Kleinkind auf dem Arm. Während sie mit der freien Hand in einer Lade nach der vom Kunden gewünschten Ware suchte, sah dieser auf den seitlichen Holzregalen eine Reihe von Zeitschriften, auf deren Titelseiten Frauen ihren Körper zur Schau stellten.

Friederich zahlte, steckte das Schächtelchen ein und ließ sich schließlich zu der Bemerkung hinreißen: „Schämen Sie sich nicht vor Ihrer Tochter?“, wobei er mit dem Kopf auf ein Busenwunder deutete, dessen lederner Bikini an den Brustwarzen und dem Geschlecht runde Löcher aufwies. „Die versteht eh nichts davon“, antwortete die Mutter unbeeindruckt. „Und außerdem müssen Sie sich da bei den Herren beklagen, die diese Sachen kaufen.“ Friederich fühlte, daß seine Zornader schwoll, und als er sah, wie sie ihn herausfordernd anblickte, zischte er: „Selbst eine Dirne, die noch ein Körnchen Selbstachtung besitzt, wird alles daran setzen, ihr schmutziges Geschäft vor dem Kind zu verbergen!“

Momentan schien die Frau verunsichert, mehr durch den Ton als durch die wenig schmeichelhaften Worte. Doch schon bald erinnerte sie sich, daß Recht und Staatsgewalt auf ihrer Seite standen. „Wenn's Ihnen hier nicht gefällt, holen Sie sich ihre Drehfilter halt woanders!“ Friederich bekam Mörderaugen und entgegnete eisig: „Ihr kennt nur den Stock. Fehlt der, so seid ihr zu jeder Schandtat bereit!“ Worauf er die Zeitschrift nahm und sie in Stükke riß. „Sind Sie wahnsinnig?!!“ schrie die Mutter, während ihre erschreckte Tochter sich an sie klammerte und zu plärren begann. „Ich ruf die Polizei! „ „So rufen Sie doch Ihre Polizei!“ brüllte Friederich wie von Sinnen. „Und erzählen Sie ihr alles genau. Vielleicht geraten Sie an jemanden, der noch Ehrfurcht vor den kleinen Geschöpfen hat und Sie schnurstracks in einen finsteren Kerker steckt.“

Er fuhr fort, blindlings Zeitschriften zu zerstören, und als er im Nebenraum eine aufgeregte Stimme vernahm, die auf dem schnellsten Weg einen Streifenwagen verlangte, da ein Verrückter im Laden alles kurz und klein schlug, riß er das Holzregal zu Boden und demolierte es hemmungslos mit den Füßen.

Einige Minuten später heulte in der Nähe ein Martinshorn auf. Minze, die Friederich seit einigen Tagen unbemerkt folgte, wenn er das Hotel verließ, und die die ganze Szene durch das Schaufenster beobachtet hatte, wußte kein Mittel, seine Aufmerksamkeit anzuziehen und ihn zu warnen. Also sprang sie den ersten Polizisten, der aus dem Wagen stieg, an, um ihn und seinen Kollegen so lange als möglich aufzuhalten. Die zwei Männer fluchten zuerst und suchten das fauchende Tier zu vertreiben. Plötzlich fiel das Wort „Tollwut", und einer von ihnen zog die Pistole. Die Katze floh unter die parkenden Autos, und die Polizisten rannten ihr nach. Es fielen zwei Schüsse.

Ohne von alledem Notiz zu nehmen, verließ Friederich den Tabak- und Zeitungsladen und entfernte sich unbemerkt. Am nächsten Morgen fuhr er mit dem ersten Zug nach Hause.

XII

Zweiundsiebzig Tage hatte Friederich in der Fremde verbracht, doch als er den Fuß auf die dunklen, gewachsten Bretter seiner Diele setzte und den bekannten Geruch der Wohnung einsog, war es ihm, als wäre er eine Ewigkeit fort gewesen. Nie zuvor hatte er jedes einzelne Möbel, jeden sorgfältig ausgewählten Vorhang, jedes Bild an den Wänden so klar vor Augen gehabt. Nie hatte er sie so geliebt, diese altvertrauten Räume, in die die Geschichte seines Lebens eingeprägt war und die überdies viele Geheimnisse vorangegangener Generationen hüteten. Und nie hatte er so sehr den Schutz und die Geborgenheit des eigenen Heims empfunden wie jetzt, da er der Öde und Monotonie einer heutigen Großstadt entflohen war.

Er spürte Glück in sich aufsteigen, zusammen mit der Zuversicht, daß das dreistöckige Gebäude genügend Platz bot, um darin ein von Häuslichkeit und allerlei privaten Aktivitäten gekennzeichnetes, angenehmes Dasein zu führen. Ein Leben, das gelegentliche, wohl bedachte Ausflüge aufs Land ergänzen sollten.

Im finsteren Gang des ersten Stockwerks blieb er vor dem hohen Wäscheschrank aus Nußbaumholz stehen. Das schlichte, mit augenscheinlichem Sinn für die schöne Form gefertigte Schreinerwerk, das an den Seiten zwei flache

Basreliefsäulen und oben einen massiven, mehrfach vorspringenden Rahmen hatte, enthielt die noch von Mutter gebügelten Laken, Handtücher und Tischdecken. Sorgfältig geordnet und nach verrauchtem Lavendel duftend, füllten sie die sieben Fächer und gaben Friederich das herrschaftliche Gefühl, daß er bis an das Ende seiner Tage ein frisch bezogenes Bett und ein gastfreundliches Badezimmer haben würde.

Und wie er da vor den halboffenen Mattglas-Flügeltüren stand und mit den Fingern über einen Stoß von Großvaters Schlafanzügen fuhr, überkam ihn jene Rührung, der er inzwischen häufig erlag und über die er sich immer wieder schämte, weil sie ihm als ein Zeichen von Verweichlichung, von vorzeitiger Alterung erschien. Diesmal ließ er seinen Tränen freien Lauf, seufzte wiederholt tief auf, mußte endlich selbst über die Laute, die er von sich gab, lachen und empfand Erleichterung.

Während er noch mit kindlicher Freude und Dankbarkeit die Pracht des Schrankes bewunderte, kam ihm in den Sinn, daß unzählige Menschen sich inzwischen Jahr für Jahr problemlos einen solchen Reichtum leisten konnten. Aber sei es nun, daß ihnen wenig daran lag oder daß sie ihr Geld für anderes ausgeben mußten, er hätte schwören mögen, daß kaum einer etwas Ähnliches besaß.

Der Sommer kam, und zwar mit einer solchen Macht und Beständigkeit, daß es den Anschein hatte, die seit Jahren angekündigte Klimaveränderung sei unversehens Wirklichkeit geworden und die Poesie der winterlichen Zitronenblüte könne nun schon bald zu einem selbstverständlichen Schauspiel werden. Es war tagsüber so heiß, daß man die sonnenbeschienenen Fenster samt Läden schließen mußte, und selbst nachts, wenn man sie wieder öffnete, um etwas frische Luft hereinzulassen, war es draußen immer noch wärmer als drinnen.

Wenn Friederich zu später Stunde auf dem Sofa lag und unten auf dem Platz noch der Brunnen plätscherte, glaubte er sich manchmal in die Zeit versetzt, als er in seiner Jugend monatelang durch Italien gereist war.

Da konnte es geschehen, daß inmitten der sehnsuchtsvollen Erinnerungen das Bild eines römischen Hotelzimmers auftauchte. In der Dämmerung auf dem Bett ausgestreckt, hörte er die Straßengeräusche aufsteigen und sich mit den Schreien der Schwalben und den Lebenszeichen aus naheliegenden Häusern vermengen, und diese Musik versetzte ihn in einen Zustand seliger Ruhe, wie ihn sonst nur die freie Natur mit ihren Winden, ihrem Summen und Rauschen zu geben vermag. Erfüllt von einer vollkommenen Bedürfnislosigkeit, schwebte er zwischen Himmel und Erde, und die Harmonien, die zu seinen Ohren drangen, waren ein Labsal und Nahrung für die schweifende Phantasie …

Solches Glück verflog rasch, wenn um zehn Uhr der Brunnen automatisch abgeschaltet wurde und die danach einsetzende leere Stille nur mehr von wiederholt zugeschlagenen Wagentüren, einem isolierten, metallischen Gelächter oder schweren, hackenden Schritten unterbrochen wurde. Gewaltsam aus seinen Illusionen gerissen, haßte Friederich dann seine Landsleute und hätte am liebsten davonlaufen mögen.

Mehrmals war er nahe dran, den Koffer zu packen. Er fühlte das starke Verlangen, dem nur von wenigen Deutschen geliebten, jedoch von den meisten standhaft aufrechterhaltenen Kasernendasein den Rücken zu kehren und sich eines problemloseren Umgangs mit Menschen zu erfreuen.

Doch blieb es bei diesen impulsiven Absichten. Denn abgesehen von seiner allgemeinen existentiellen Verunsicherung, hatte Friederich im Augenblick weder die Kraft noch die Nerven, um den Unannehmlichkeiten und Mühen, die ein solches Unternehmen mit sich bringen konnte, zu begegnen.

Im übrigen verliefen seine Tage jetzt gleichmäßig und ohne große Aufregungen. Noch am Abend seiner Rückkehr hatte er den weisen Entschluß gefaßt, in Zukunft den Kontakt mit der Außenwelt soweit als möglich zu meiden. Da dieser für ihn keine Notwendigkeit darstellte und auch keine Zerstreuung, sondern allzuoft nur Ärgernis bedeutete, sollte ihm das nicht schwerfallen. Gleichzeitig aber hatte er sich vorgenommen, in seiner Abgeschiedenheit zu einem selbstgenügsamen, ausgefüllten Leben zu finden. Seine Mutter, die sehr scharfzüngig sein konnte, mochte es nicht leiden, wenn jemand anklagte und kritisierte, ohne mit gutem Beispiel voranzugehen. Und Friederich, der sich diese Maxime schon früh zueigen gemacht hatte, wollte sich beweisen, daß er etwas mit sich anzufangen wußte; daß er ungeachtet seiner bedingungslosen Ablehnung der Welt, wie sie war, an ein Glück auf Erden glaubte.

Montags kaufte er für die ganze Woche ein und verließ das Haus dann nur mehr, wenn dringende Besorgungen ihn dazu zwangen. Er lernte schnell, seine ohnehin beschränkten Bedürfnisse richtig einzuschätzen, und empfand die Abgrenzung gegen das, was draußen vor sich ging, als eine wahre Wohltat. Die ewige Flut unsinniger Angebote und belangloser Nachrichten, der er sich lange Zeit unwillkürlich ausgesetzt hatte, fand plötzlich keinen Zugang mehr, und er fühlte sich wie befreit.

Anfangs ging er bei der Bestimmung eines Lebensinhalts tastend vor. Er streifte müßig durch die vielen Zimmer, durch Keller und Hof auf der Suche nach Anregungen und verlor sich dabei nicht selten in neugierigem Blättern und Stöbern, in Betrachtungen über Unbekanntes oder längst Vergessenes, ohne ein weiterführendes Interesse für irgend etwas entdecken zu können. Erst nach einigen Wochen, als er einmal nachmittags im Schatten der Hütte, die seine Praxis gewesen war, auf der Holzbank saß und auf die verwilderten Beete mit ihren fünf Reihen überalterter Obstbäume blickte, hatte er eine Eingebung.

Eine hohe Mauer, deren verblaßtes Grün großteils unter rankendem Efeu und vertrocknetem Moos verborgen war, umschloß auf drei Seiten diesen Garten, der noch in den sechziger Jahren, neben vielen Blumen, das prächtigste Gemüse, Heilkräuter und Kartoffeln hervorgebracht hatte. Als dann der greise Gärtner gestorben war, der von jeher zwei Räume im Erdgeschoß bewohnt und gewissermaßen zur Familie gehört hatte, wäre ein Ersatz nach den bestehenden Tarifbestimmungen zu teuer gekommen, weshalb man schrittweise dazu übergegangen war, das Notwendige auf dem Markt zu besorgen. Zuletzt hatte die Mutter sich nur mehr um ihre Rosenstöcke gekümmert und darauf geachtet, daß die Bäume hin und wieder beschnitten wurden.

Während Friederich nun mit Minze auf den Beinen vor sich hindöste und sinnend auf das Erdreich schaute, das er kurz zuvor mit Wasser besprengt hatte, gedachte er des bezaubernden Anblicks, den das kleine Paradies bot, wenn er als Schüler morgens das Fenster öffnete. Er erinnerte sich des unvergleichlichen Geschmacks der von der Pflanze gepflückten Erbsen. Und auch seines persönlichen Gärtleins, das er über einige Jahre mit andächtiger Hingabe gehegt und gepflegt hatte. Wie ein Wunder hatte er dort das Keimen der Samen und die Entwicklung der jungen Blätter erlebt. Aus dem Nichts etwas so Anmutiges und Zartes entstehen zu sehen, das von selbst wuchs und Früchte brachte – konnte es eine aufregendere Beschäftigung geben?

Friederich war noch bemüht, sich die verschiedenen Tätigkeiten des ehemaligen Gärtners ins Gedächtnis zu rufen, da begann er bereits, sich den Garten auszumalen, der aus den „Trümmern" erstehen sollte. Die Bäume mußten sorgfältig geprüft und die kümmerlich dahinvegetierenden durch neue ersetzt werden. An den Mauern sollte Spalierobst gedeihen, Aprikosen und Trauben, die vielleicht nicht alle Jahre zu voller Reife gelangen würden, aber manchmal eben doch. Und außerdem wollte er sich ein weiträumiges Treibhaus aus Holz und Glas bauen – so viel handwerkliches Geschick traute er sich zu –, um darin mit südländischem Obst und Gemüse zu experimentieren.

Die zur Verfügung stehende Fläche war schnell abgemessen, wonach auf dem Papier mögliche Aufteilungen nach praktischen und ästhetischen Gesichtspunkten vorgenommen wurden. Ein altes Buch über Nutzpflanzen aus Vaters Bibliothek, eine wahre Fundgrube, warf alle diese Pläne wieder über den Haufen. Da waren plötzlich nie gehörte Arten und Gattungen zu berücksichtigen, und obendrein ergab sich aus biochemischen Erwägungen die Notwendigkeit einer Abwechslung der Kulturen nach bestimmten Regeln.

Nachdem viele rasch hingeworfene Skizzen sich auf dem Schreibtisch angehäuft hatten, spürte Friederich eines Abends so sehr den Drang, sofort ans Werk zu gehen, daß er die Fertigstellung eines Entwurfs auf später verschob und in den Hof hinabstieg, um zu entscheiden, wo am nächsten Morgen Hand anzulegen sei. Grillengezirp erfüllte die geruchsträchtige Luft, während er im Mondschein zwischen hochgeschossenem Unkraut von einem Baum zum anderen schritt und die teilweise arg verkrüppelten Silhouetten begutachtete. Jedesmal, wenn er zu dem Ergebnis kam, daß er sich von einem trennen würde, sträubte sich etwas in ihm. Um seine Skrupel zu überwinden, mußte er sich wiederholen, daß der Platz begrenzt war und daß er für würdige Nachfolger sorgen würde.

Ein alter Familienbekannter übernahm es einige Tage später, mit seinem kleinen Traktor den Boden umzupflügen und die bereits astlosen Stämme auszureißen. Er versprach auch, zu gegebener Zeit den notwendigen Kuhmist herbeizuschaffen. Danach ließ Friederich die freiliegenden Wurzeln von Gräsern und Kräutern zwei Wochen an der Sonne verdorren und zersägte und spaltete derweil das Holz, das wie auf einem Schlachtfeld in der Gegend herumlag. Als die Scheite an der Hauswand aufgeschichtet waren, ließ er den Dünger kommen und vermengte ihn in langwieriger, gewissenhafter Arbeit mit der zerkleinerten Erde. Weich und fruchtbar sollte diese werden. Und da ohnehin der Herbst vor der Tür stand, beschloß er, sie bis zum Frühling ruhen zu lassen und nur bei anhaltender Trockenheit zu gießen.

Auf die neuen Obstbäume wollte er nicht so lange warten. Sie bildeten zusammen mit den anderen den Grundstock der Gartenarchitektur, und diesen mußte er bei allem weiteren Planen und Handeln vor Augen haben.

Obwohl ihm bei seinen Besuchen in verschiedenen Baumschulen jeder davon abriet, in dieser Jahreszeit noch Umpflanzungen vorzunehmen, hielt er hartnäckig daran fest. Und indem er viel probierte und verglich, wählte er nach und nach die besten Kirschen, Äpfel, Birnen, Pflaumen, Aprikosen, Nüsse und Trauben, bestellte die schönsten und kräftigsten Bäume und ließ ihre extra großen Ballen, für die er einen Zuschlag gezahlt hatte, in die vorbereiteten Gruben versenken.

Natürlich war Friederich den Anstrengungen, zu denen ihn seine ungeduldige Begeisterung antrieb, anfangs keineswegs gewachsen. Er holte sich Blasen an den Händen und schwitzte und keuchte wie ein Tier beim Durchsägen der dicken Stämme, es wurde ihm oft schwarz vor den

Augen, und am vierten Tag war ihm endlich so schlecht, daß er sich nach einem unsinnigen Versuch, dennoch durchzuhalten, zerstört und mit leichtem Fieber ins Bett legen mußte.

Von da an nahm er größere Rücksicht auf seinen Körper, kaufte sich Lederhandschuhe und ging nicht mehr bis an die äußerste Grenze, wenn er den Pulsschlag an Hals und Schläfe spürte. Er sah sich dann den hübschen, jedoch verfallenen und zweckentfremdeten Schuppen für Geräte und frostempfindliche Topfpflanzen an, den er von Grund auf wiederherstellen wollte, oder wiegte sich in der aus bastfarbener Kordel geknüpften Hängematte, die er unter zwei dichten Baumkronen aufgespannt hatte, bis das Zittern in den Gliedern nachließ und der Atem sich beruhigt hatte.

Es dauerte nicht lange, da blieben die Vorzeichen zerrüttender Erschöpfung aus, und der Einsatz der Muskeln wurde mehr und mehr zur reinen Lust. Und als Friederich im Oktober nach Beendigung der groben Arbeiten müde und zufrieden aus der Wanne stieg, konnte er mit Genugtuung einen deutlichen Schwund seiner überflüssigen Fleischmassen feststellen. Verlegen lächelnd über die eitle Pose, die er vor dem Spiegel eingenommen hatte, hüllte er sich in das Badetuch und eilte zum Kamin, wo Minze bereits auf ihn wartete.

Viele trübe Wintertage verbrachte er vor den brennenden Holzscheiten, die eine Wärme ausstrahlten, welche überraschend der des Sonnenlichts glich. Er konnte endlos im Lehnstuhl sitzen und, ein Buch, den Zeichenblock oder die Katze auf dem Schoß, ins Feuer starren.

Sobald der Himmel aufklarte, nahm Friederich fleißig die Renovierung des Geräteschuppens wieder auf. Diese sollte im März abgeschlossen sein, ebenso wie der Bau aller Einzelteile, aus denen sich das Treibhaus zusammensetzen würde. Als Kind war er ein leidenschaftlicher Bastler gewesen, hatte sich allerdings mit Werkzeugen wie Schere, Zange, Hammer, Handbohrer und Laubsäge begnügt. Für die umfangreichen Schreinerarbeiten, die ihm nun bevorstanden, hatte er sich eine wundervolle Bohrmaschine mit allem nötigen Zubehör zugelegt und die Waschküche im Erdgeschoß, in der früher bei Regen die Wäsche aufgehängt worden war, mit einer Werkbank versehen. Der weite Raum erlaubte ihm, auch meterlange Leisten zum Trocknen von Leim, Beize und Lack großzügig aufzustellen.

Nicht zuletzt in Anbetracht des großen Aufwands, mit dem der Bau eines Treibhauses verbunden war, hatte sich Friederich für das recht teure, aber wetterfeste und langlebige Kernholz der Eiche entschieden. Und als das Gerüst Form anzunehmen begann, wurden seine Erwartungen in einem Maß übertroffen, daß er oft bei der Arbeit innehielt und die bereits fertigen, provisorisch zusammengelegten Stücke voller Bewunderung betrachtete, als handelte es sich um ein kunstvolles Möbel.

Angespornt durch den Erfolg, wuchs sein Ehrgeiz, und er kam auf den Gedanken, die Trägerbalken mit geometrischen Verzierungen zu versehen, die jedoch weder primitiv noch plump sein sollten. Zu diesem Zweck besorgte er sich ein Buch über die Geschichte des Treibhauses, das eine reiche Auswahl an Abbildungen aus verschiedenen Epochen enthielt. Und schon bald wollte er auch gedrechselte und geschnitzte ornamentale Teile anfertigen, um seinem Werk einen noch dauerhafteren Charakter zu verleihen.

Ein weiterer Schwerpunkt seiner Tätigkeit in der toten Zeit der Gärtner war die Instandsetzung des Kellers. Im Sommer hatte Friederich, eigentlich nur wegen des unglaublichen Angebots an wohlfeilem Obst, Marmeladen aus Heidelbeeren, Aprikosen und Pflaumen hergestellt. Wie er aber jetzt seine Zukunftsvisionen spann, sagte er sich auf einmal, daß mit Eingemachtem und Eingelegtem, mit gut gelagerten Äpfeln, Kartoffeln, Zwiebeln und was es da sonst noch gab, auch bei Eis und Schnee beinahe der gesamte Eigenbedarf an Nahrungsmitteln zu decken war.

Im Grunde war das nichts Neues, denn schon seine Mutter war auf dem Gebiet sehr aktiv gewesen, hatte selbst Schnäpse gebrannt und Früchte kandiert. Trotzdem war die Wiederaufnahme dieser Tradition für ihn, der in den letzten zwanzig Jahren wenig in der Küche mitgeholfen hatte, eine kleine Forschungsreise. Um so mehr, als er das einstige Angebot an Vorräten erweitern und vervollständigen wollte.

Dabei ging er nicht von der abstrakten Idee aus, eine absolute Unabhängigkeit von der Außenwelt zu verwirklichen – wenngleich ihn die Vorstellung, mit der Zeit immer weniger Geld ausgeben zu müssen, natürlich reizte. Vielmehr schien ihm ein gut ausgestatteter Keller im notwendigen Einklang mit der Fülle des Gartenertrags zu stehen, die ihm vorschwebte. Das eine konnte ohne das andere nicht sein.

Als Weihnachten nahte, erhielt Friederich den Besuch von zwei Führungskräften der Versicherungsgesellschaft, die seit Jahren am Kauf seines Grundstücks interessiert war. Sein Haus sollte einem dritten spiegelgläsernen Büroblock weichen, der die beiden bereits existierenden harmonisch miteinander verband. Doch bisher waren die vorgeschickten Vermittler stets auf taube Ohren gestoßen. Und irgendwann hatte man unter Berücksichtigung der Verhältnisse in der Familie Güthlin beschlossen, einfach abzuwarten.

Im Herbst hatte man nun mit zunehmender Besorgnis beobachten müssen, wie der einzige Erbe junge Bäume pflanzte. Ein schlechtes Zeichen, das ein sofortiges Eingreifen erforderte.

Man lockte ihn diesmal mit einer nagelneuen, luxuriösen Villa mit Tiefgarage und Pool in bester Lage am Stadtrand, deren Wert um fünfzig Prozent höher lag als die Summe, von der bei der letzten Begegnung die Rede gewesen war. Friederich zeigte sich verstimmt und stur und bat die Herren nachdrücklich, künftig nicht mehr ihre kostbare Zeit mit ihm zu vergeuden.

Die beiden tauschten einen Blick. Danach betonte der eine fast drohend, daß es sich um ein einmaliges Angebot handelte, das man nicht so leichtfertig ausschlagen sollte – während der andere beiläufig erwähnte, daß die Stabilität des Gebäudes nicht den baurechtlichen Bestimmungen entspräche, eine Konsolidierung jedoch angesichts des maroden Mauerwerks nicht lohne.

Damit verabschiedeten sie sich korrekt, nachdem sie noch eine Bedenkfrist bis Neujahr eingeräumt hatten.

Wie vom Donner gerührt stand Friederich eine Weile vor der ins Schloß gefallenen Wohnungstür. Mit einem Schlag sollten die glücklichen Mühen und Hoffnungen, an denen er sich in den vergangenen Monaten wiederaufgerichtet hatte, zerstört sein. Man wollte ihn vertreiben, ihm alles nehmen.

In heller Aufregung begann er die Zimmer nach sichtbaren Schäden abzusuchen. Und tatsächlich entdeckte er an mehreren Stellen der Decken und Wände feine Risse, auf die er bisher nie geachtet hatte. Risse, die das Schlimmste befürchten ließen.

Wollte er das Haus retten, mußte er es mit einer Hypothek belasten und eine langfristige, sklavische Ausübung seines Berufs in Kauf nehmen, um den Kredit zurückzahlen zu können. Seine Träume konnte er auf alle Fälle begraben.

In der folgenden Woche machte er die Angestellten der

städtischen Bauaufsicht verrückt. Obwohl sein Antrag als dringend gekennzeichnet war, hielt man eine Besichtigung durch den Sachverständigen vor den Feiertagen für ausgeschlossen.

Friederich ließ nicht locker, legte sich mit der gesamten Hierarchie des öffentlichen Amtes an. Und als am 18. Dezember ein mittlerer Vorgesetzter die ironische Bemerkung fallenließ, es bestehe doch keine akute Einsturzgefahr, und er dramatisch entgegnete, diese bestehe sehr wohl und ihn werde die volle Verantwortung treffen, wenn jemandem etwas zustoße – hatte er endlich Erfolg.

Der beauftragte Bauingenieur, der sich vierundzwanzig Stunden später bei ihm einfand, sah nach längerem Klopfen und Prüfen keinen Anlaß, das Haus zu versiegeln. Beim Weggehen verlangte er verärgert eine Erklärung, wollte wissen, wer den ganzen Blödsinn in die Welt gesetzt hatte. Der schroff Angefahrene gab kleinlaut Auskunft.

Als er wieder allein war, führte Friederich einen Freudentanz auf, ließ Minze durch die Luft wirbeln und küßte die Wände. Er konnte es nicht fassen, daß der schlimme Alpdruck so plötzlich, wie er sich eingestellt hatte, wieder verflogen sein sollte. Die Erregung und Verzweiflung der letzten Tage erschien ihm jetzt wie ein unwirkliches, verrücktes Schauspiel.

Nachdem er wieder zu sich gekommen war, verwandelte sich seine Freude in Zorn auf die Versicherungsgesellschaft, und er verfaßte einen saftigen Brief an die sehr geehrten Herren, in dem er sie davor warnte, sich nochmals bei ihm blicken zu lassen.

Am Ende mußte er über die eigene Leichtgläubigkeit lachen, wenngleich die Erinnerung an das Ereignis einen unangenehmen Beigeschmack behielt.

XIII

Es wäre törichtes Geschwätz, wollte man behaupten, die Menschheit habe im Laufe ihrer unordentlichen Geschichte, auch nur unbewußt, nach einer dauerhaften, vernünftigen Lebensform gestrebt. Einzelne Geister setzten in den Jahrhunderten wohl hin und wieder ihren ganzen Ehrgeiz daran, herauszufinden, welche Verhaltensregeln der Schöpfer vorgesehen hatte, um uns den im Tier- und Pflanzenreich selbstverständlichen, arteigenen Frieden zu gewährleisten. Aber keine dieser Bemühungen ist bis heute von Erfolg gekrönt gewesen.

Wenn dennoch zu allen Zeiten Greisinnen und Greise in dem beruhigenden Bewußtsein entschlafen konnten, gelebt zu haben, so läßt sich diese ungewöhnliche Tatsache nur damit erklären, daß solche Existenzen sich in einem festen, begrenzten Rahmen abgespielt haben. Meist gab es eine Familie, durch die alle Altersstufen, die diese Menschen durchliefen, ein unverkennbares Gepräge erhielten. Doch das Wesentliche war der klar abgesteckte Bereich ihres Handelns, der dem Ringen mit der Materie Geschlossenheit und Kontinuität verlieh und ihnen zuletzt erlaubte, guten Gewissens zurückzublicken.

Nachdem Friederich durch den Tod seiner Mutter heftig ins Schleudern geraten war, hatte er nun endlich wieder einen festen, begrenzten Rahmen für sein Leben gefunden. Manchmal wunderte er sich, daß ihm die radikale Absonderung von der Welt so wenig Schwierigkeiten bereitete. Aber er hatte kein Interesse an seinen Zeitgenossen, und diese schienen ebensogut ohne ihn auszukommen. Offensichtlich brauchten sie einander nicht.

Was ihn betrifft, war das nicht weiter erstaunlich, denn die kleine Welt, in die er sich zurückgezogen hatte, nahm ihn mehr und mehr für sich ein, und übers Jahr fühlte er sich dort so wohl, als hätte er nie etwas anderes gekannt. Ob er die Erde hackte, das Wachstum seiner Pflanzen beobachtete oder aus den Früchten Konserven herstellte, ob er ganze Körbe von Kirschen, Salatköpfen oder Äpfeln an alte Leute aus der Nachbarschaft verschenkte, Besuch von diesen erhielt und ihnen schmackhafte Mahlzeiten vorsetzte, ob er wissenschaftliche Studien betrieb, technische Zeichnungen anfertigte oder, der Musik der elterlichen Plattensammlung lauschend, müßig im Gras lag, am Abend ging er stets zufrieden zu Bett, und am Morgen stand er gern wieder auf.

Der Garten maß gerade zwanzig mal dreißig Meter, und doch merkte Friederich bald, daß die Pflanzenwelt zum tragenden Element seiner neuen Existenz geworden war. Sie bescherte ihm ständig Überraschungen, stellte ihn tagtäglich vor unerwartete Aufgaben und gewährte ihm solche Genugtuungen, daß er kein Verlangen nach anderweitiger Vergnügung oder Zerstreuung verspürte. Wenn er den ganzen Tag lang seine Bäume beschnitten hatte, fühlte er sich im siebten Himmel, erfüllt von einer reinen Freude, die keinen Vergleich scheute. Aber auch primitive Arbeiten wie Unkrautjäten und Kartoffeln schleppen, die er in einem anderen Zusammenhang als lästige Notwendigkeiten empfunden hätte, fügten sich mit vollem Recht in die Vielfalt beglückender Tätigkeiten ein, die weder Pflicht noch

Zwang kannten. Schon der Anblick des Gartens, in dem die natürliche Schönheit der verschiedenartigen Gewächse durch ihre liebevolle Pflege und Anordnung noch hervorgehoben wurde, machte jeden Handgriff zu einer Lust. Und die Ruhe, die von der grünen Oase ausging, übertrug sich auf den, der darin Herr und Diener war.

Das Haus ergänzte diesen Ort, wie er es sich nur wünschen konnte. Friederich hatte alles aus den Räumen entfernt, was sichtlich nicht zu der von Groß- und Urgroßeltern stammenden Einrichtung gehörte, und es, soweit als nötig und möglich, durch Passendes aus Antiquitätenläden ersetzt. So war er nun von Stühlen und Betten, Kredenzen und Kommoden, Schreibtischen und Lampen umgeben, die allesamt von erfahrenen, städtischen Handwerkern gefertigt worden waren. Und wer sich, trotz der inzwischen unumstrittenen Alleinherrschaft der Wegwerfware in allen Lebensbereichen, noch eine Vorstellung davon bewahrt hat, welche Wirkung schöne Fenster und Türen, Möbel und Stoffe, Küchengeräte und Eßgeschirre auf das Gemüt ausüben können, wird leicht begreifen, wie dankbar Friederich für diese Erbschaft war.

Der Garten war sein Lebensquell, das Haus aber er selbst.

Jahre vergingen. Jahre, in denen das innige Verhältnis sich noch verstärkte. Das Treibhaus, das er auf dem hinteren Teil des Mittelganges zwischen den Baumreihen errichtet hatte, war zu einem kleinen Juwel geworden. Drei Meter breit und acht lang, machte es sich mit seinem dunkel gebeizten, schlanken und doch festen Holz, der pagodenhaften Frontalansicht und den unzähligen beweglichen und in zierliche Rahmen gefaßten Glasscheiben ungemein hübsch aus. Ja, es stellte das eigentliche Herzstück der gesamten Gartenanlage dar. Friederich liebte das durchsichtige Häuschen ganz besonders, weil dort zu jeder Jahreszeit, selbst wenn unter der weißen Schneedecke alles erstarrte und schlief, in einer wohltemperierten Atmosphäre, gefeit gegen Sturm und Hagel, die wunderlichsten Gewächse gediehen. Er steckte Kaffee- und Kakaobohnen, Pinien- und Mandarinenkerne, Baumwolf- und Feigensamen in die sorgsam präparierte Erde und betrachtete die Bäumchen und Sträucher, die sich daraus entwickelten, wie seltene Kostbarkeiten. Wenn eine von ihnen Blüten oder einen Ansatz von Früchten hervorbrachte, war sein Glück vollkommen.

Draußen füllte sich, dem strengen Zyklus des Sonnenkreislaufs unterworfen, Jahr für Jahr jeder Winkel mit üppiger Vegetation, drinnen aber streckten auch im tiefsten Winter Fenchel und Salatblätter ihr zartes Grün gegen das Licht.

Der Keller spiegelte das freigeistige Spiel mit den schier unerschöpflichen Angeboten der Natur getreu wider. Friederich hatte ihn soweit sanieren lassen, daß er auf Minzes Beitrag zur Mäusebekämpfung getrost verzichten konnte. Und nun reihten sich auf den soliden, alten Stellagen säuberlich beschriftete Gläser und Flaschen aller Größen und Formen aneinander; von den schwarzen Ziegelgewölben hingen Zwiebel- und Knoblauchzöpfe, getrocknete Tomaten und Trauben, geräucherter Speck und frische Würste; in Kisten häuften sich Nüsse und Äpfel, Kartoffeln und Käselaibe, rote Rüben und weißer Kohl; während in zwei bauchigen Fäßchen der selbst gekelterte Obstwein reifte. Ohne zu übertreiben, es waren da Vorräte, die den Neid jedes mittelalterlichen Burgherrn erregt hätten.

Indessen war Friederich keineswegs zu einem Schlemmer geworden, der sein Augenmerk ständig und überall auf die Freuden des Magens gerichtet hält. Er liebte die gute Tafel, aber diese ergab sich gewissermaßen von selbst, wenn die *Rohstoffe* stimmten. Weshalb seine Küche, der besten italienischen Tradition entsprechend, mit wenigen geschickt zusammengestellten Zutaten auskam. An reicher Auswahl und Abwechslung fehlte es dabei nie.

In den Stunden der Muße, wenn kein Vorhaben seinen Geist gefangenhielt und er das Bedürfnis verspürte, die Grenzen des einsamen Daseins zu verlassen und sich in anderen Welten umzusehen, griff Friederich jetzt mit Vorliebe zu Büchern aus der Antike. Die mythische Erscheinungsform der dargestellten Helden reizte seine Vorstellungskraft. Da gab es bedeutende Feldherren, von denen berichtet wurde, sie hätten – mit den damaligen Kampfmitteln – bei Schlachten und Städtebelagerungen Hunderttausende niedergemacht, seien aber auch große Staatsreformer und überragende Persönlichkeiten gewesen, die regen Verkehr mit Dichtern und Philosophen pflegten. Wie ließ sich das menschlich vereinbaren?

Überhaupt offenbarten alle diese Texte eine selbstverständliche, schwer nachvollziehbare Gewaltbereitschaft und -duldung, die immer wieder die Frage aufwarf, wie, neben den edlen Worten, das konkrete Leben ausgesehen hatte. Vor welchem Hintergrund mochte etwa Epikurs Lehre entstanden sein?

Obwohl ihn solche Rätsel zu immer neuen Lektüren anregten, ging Friederich bei seiner Auswahl ohne jede Systematik vor. Und daß es ihm letztendlich nicht gelingen wollte, sich ein überzeugendes Bild von Cicero oder Alexander, Sokrates oder Caesar zu schaffen, störte ihn nicht weiter. Wußte er doch, wie schwierig selbst eine Beurteilung von Zeitgenossen war, wenn man keine genaue Kenntnis ihrer Verhältnisse hatte.

Wie bereits erwähnt, mied Friederich aus weiser Vorsorge jede unnötige Berührung mit den selbstherrlichen

Wirren unserer Zeit. Er mied sie bewußt, und der Nutzen, den er daraus zog, war ungemein größer als die Not, die ihm dieser Verzicht bereitete.

Nur einmal ließ er sich, vielleicht getrieben von einem Überbleibsel beruflichen Ehrgeizes, beinahe dazu verleiten, diese heilige Regel zu durchbrechen. Im Nachlaß jenes ostdeutschen Onkels, dem er Minzes Gesellschaft verdankte, hatte er eine Abhandlung über *Die Bedeutung der Strukturierung in der heilpädagogischen Arbeit mit taubblinden Kindern* entdeckt. Und die dort an Behinderten gemachten Beobachtungen brachten ihn auf die Idee, ein bahnbrechendes psychoanalytisches Werk zu schreiben.

In dem Text ging es vor allem um ein schwer hör- und sehgeschädigtes Kind, das eine ausgeglichene Nahrung verweigerte, schrille Schreie ausstieß, einen Tic hatte, nachts massiv störte, nur bei der Mutter schlafen wollte.

Während eines kurzen Aufenthalts in der Taubblindenanstalt warf sich der Zehnjährige sofort auf die neuen Materialien, die er dort vorfand, probierte hastig etwas aus und stürzte sich ruhelos auf das nächste Angebot. Eine genaue Analyse ergab, daß er aufgrund seiner Sinnesschädigungen nur bruchstückhafte Informationen aufnahm, die er nicht weiterverarbeiten konnte. Die Folge war eine Reizüberflutung. Das Kind verstand nicht, reagierte chaotisch und zog sich zurück.

Was es brauchte, waren feste Inseln der Geborgenheit in seinem verworrenen Weltbild, stabile Bezugspersonen, einen Tag-Nacht-Rhythmus, die gleichmäßige Wiederkehr von Wochen, Jahreszeiten, Festen. Es mußte lernen, Signale zu erkennen, die ihm anzeigten, was geschehen würde, wie, wo und wann es geschehen würde. Dieses Wissen bedeutete Sicherheit und Abbau der inneren Angst. Nur so würde das Kind ruhiger werden und zunehmend auch unvorhergesehene Änderungen, also Frustrationen, verkraften. Kleine Wahlsituationen würden möglich werden, es konnte Freiheit gegeben werden …

Soweit in groben Zügen der Inhalt der fünfzig gehefteten Schreibmaschinenseiten. Auf einen ersten Blick handelte es sich um einen sehr spezifischen Fall von Behinderung, der die Erzieher vor eine schwere Aufgabe stellte. Bei näherem Hinsehen erwies sich aber, daß die dargestellten Verhaltensstörungen eine viel weitreichendere Bedeutung hatten.

Schulen und Spielplätze boten mittlerweile ein erschrekkendes Bild von den Folgen der heutigen Reizüberflutung bei sogenannten normalen Kindern, und ein Fünfjähriges, das sich selbständig, mit kindlichem Ernst und Eifer in ein altersübliches Spiel vertiefte, stellte bereits einen Sonderfall dar. Eine Unzahl von unbegreiflichen Dingen und Situationen drang unentwegt auf die haltsuchenden Kleinen ein. Und wo das nicht Konzentrationsmangel, Unrast und Bange erzeugte, führte es zu einer Anpassung, die einem Wandeln am Rande des Abgrunds gleichkam; denn das Jonglieren mit Gegenständen und Begriffen, die in keinem Verhältnis zu den eigenen Fähigkeiten standen, konnte im Innersten kein wirkliches Selbstvertrauen schaffen.

Überwältigt von der Erkenntnis, daß die Unmengen unverarbeiteter Reize selbst bei den Generationen, die noch eine relativ unkomplizierte Jugend genossen hatten, vermehrt Verängstigung und Störungen jeder Art hervorriefen, war Friederich einer besonders in den nicht exakten Wissenschaften weitverbreiteten schlechten Angewohnheit verfallen: er hatte plötzlich geglaubt, den Ursprung aller psychischen Leiden entdeckt zu haben.

Was waren infantile Traumata, die sich später zu Neurosen und Obsessionen entwickelten, anderes als furchtbare, unfaßbare Erlebnisse, die das Kind nicht in seine Erfahrungswelt einzuordnen wußte? Und waren nicht eigentlich jedes aggressive Verhalten, jede Bosheit und jede Falschheit auf einen unheilvollen Bruch zwischen der erlangten geistigen Reife und den vom Leben gestellten Anforderungen zurückzuführen?

Mehrere Tage hatte Friederich seine Arbeit im Garten auf ein Minimum reduziert, war endlos zwischen den sich entblätternden Baumreihen auf und ab spaziert, gestärkt durch den stürmischen Wind und den sporadischen Sprühregen, den dieser ihm ins Gesicht blies. Zu Hause füllte er ein eigens für den Zweck gekauftes Heft mit Notizen, stellte Tabellen auf und skizzierte die Themen und den Aufbau seines Werkes. Wenn er nicht mehr weiter wußte, erhob er sich und durchmaß mit gleichmäßigen Schritten das weite Wohnzimmer, während im Kamin das Feuer flackerte. Wie es schon vielen vor ihm ergangen war, berauschte er sich an dem Gedanken, eine Erklärung für alle Übel der Welt gefunden zu haben.

Doch die Schaffung allumfassender Systeme entsprach nicht seiner Wesensart. Und als der Rausch vorbei war, erinnerte er sich, wie es ihn einst gewundert hatte, daß geniale, intuitive Menschen wie Hegel und Marx sich mit hypertrophischen, wirklichkeitsfernen Konstruktionen wie *Die Enzyklopädie* und *Das Kapital* abgequält haben konnten. Er schüttelte den Kopf und mußte über seine eigene unbegreifliche Begeisterung lachen.

Übrigens fühlte er sich auch erleichtert. Erst jetzt wurde ihm bewußt, daß der unterschwellige Unwille, den er bei aller Verblendung die ganze Zeit über verspürt hatte, von der Sorge herrührte, seiner selbstgewählten Klausur entrissen zu werden; sich einer häßlichen Außenwelt wieder zuwenden zu müssen, der er doch ein für allemal den Rücken gekehrt hatte. Und als er Hacke und Spaten zur Hand nahm, um die Beete für den Winter zu bereiten, war er glücklich, wie einer, der einer großen Gefahr entronnen ist.

Die Erde duftete. Ringsum schwanden die letzten herbstlichen Farben, und bald würde das vom Astwerk der Bäume gesäumte Gewächshaus mit seinen aus dem Innern durchscheinenden Bizarrerien die eintönige Landschaft beherrschen. Friederich überprüfte alle Stützen der jungen Stämme, er bedeckte die Wurzeln der frostempfindlichen Pflanzen mit Stroh und verwandte überhaupt eine Sorgfalt auf die Pflege des Gartens, als ob er etwas wiedergutzumachen hätte.

Der Winter zog sich in diesem Jahr ungewöhnlich in die Länge. Ende Februar lag noch hoher Schnee, und an Ostern war der Boden nach zweiwöchigem trügerischem Tauwetter wieder steinhart gefroren, mit der Folge, daß alle bereits angeschwollenen Knospen abstarben.

Friederich, der durch Zufall erfahren hatte, daß eine Cousinstochter, der er persönlich noch nie begegnet war, ihr erstes Kind erwartete, hatte viele graue Tage damit zugebracht, eine Wiege zu bauen. Zwölf Stäbe hatte er für die Seitenwände gedrechselt und zwei jugendliche Figuren geschnitzt, die am Kopfende über den Schlaf des Neugeborenen wachen sollten. Und als das mit Bienenwachs behandelte und mit Stickereien ausgeschmückte Bettchen fertig gewesen war, hatte er es mit leichtem Herzklopfen zu der werdenden Mutter getragen. Allein, die Verlegenheit, mit der sie sein Geschenk aufgenommen hatte, und die Feststellung, daß es ganz und gar nicht in ihre Wohnung paßte, hatten ihn bedauern lassen, es nicht wieder mitnehmen zu können.

Eine weitere angenehme Beschäftigung hatte ihm die Wintermonate ausgefüllt und verkürzt. Friederich hatte schon früh damit begonnen, sich stichwortartige Aufzeichnungen von Erfahrungen in Garten und Werkstatt zu machen, die ihm wegen ihrer Seltenheit leicht wieder entfallen konnten. Er hatte sich Rezepte von besonders gut gelungenen Gerichten und Konserven aufgeschrieben. Und nun nahm er es endlich in Angriff, diese zu ordnen und zu vervollständigen, wo erforderlich, erläuternde Zeichnungen hinzuzufügen und alles auf festes, satiniertes Papier zu übertragen. Später würde er diese wertvollen Blätter binden und mit würdigen Deckeln versehen. Sie sollten zu einem wichtigen Bestandteil seiner Bibliothek werden.

So war die stille Jahreszeit bei allerlei nützlicher und nutzloser Tätigkeit vergangen. Als jedoch im Mai nicht enden wollende Regenfälle die Wiederaufnahme seiner Aktivität im Freien weiter hinauszögerten, wurde Friederich unruhig. Er stand stundenlang am Fenster, und schließlich war seine Erwartung so sehr strapaziert, daß er von früh bis abends lustlos und nervös durch die Wohnung ging, ohne mehr irgend etwas zustande zu bringen.

Die Einsamkeit, die er als das geringere Übel akzeptiert und mit der er sich bisher leidlich abgefunden hatte, lastete arg auf ihm. Seine Situation erschien ihm auf einmal äußerst prekär. Und einer düsteren Stimmung verfallend, fragte er sich, ob man sich wirklich über das angeborene Bedürfnis, die eigenen Freuden und Leiden mit anderen zu teilen, einfach hinwegsetzen konnte. Entgingen die Einsiedler, wenn sie nicht sehr beschränkt waren, ihrem Verderben vielleicht nur dank dem intensiven Zwiegespräch mit Gott?

Derlei Gedanken quälten ihn und ließen erneut Selbstzweifel aufkommen. Hatte er sich eigenhändig zu einem Gefängnisdasein verdammt, das er beim besten Willen nicht ewig durchstehen würde? Und war seine radikale Abneigung gegen die Welt dort draußen nicht doch eine krankhafte Übertreibung, mit der er sich das Leben schwermachte?

Mit einer gewissen Sorge hatte er beobachtet, daß nicht nur er den Leuten aus dem Weg ging. Von den wenigen Verwandten und Bekannten, mit denen er anfangs zu verkehren suchte, hatten die meisten sich ohne ersichtlichen Grund bald zurückgezogen.

Der Kleinbauer, der ihn mit Kuhmist und Stroh versorgte, hatte alle möglichen Ausreden gefunden, um einen sonntäglichen Besuch mit seiner Frau nicht mehr zu wiederholen. Fühlte sich der Mann unwohl in einer Umgebung, der alle zeitgemäße Nachlässigkeit und Charakterlosigkeit fremd waren?

Er drückte sich nie offen aus. Einmal war ihm jedoch, nach einem allgemeinen Lob des Gartens, die Bemerkung entschlüpft, nicht jeder könne sich ein solch aufwendiges Hobby leisten. Als Friederich ein wenig gereizt klargestellt hatte, es handelte sich um kein Hobby und außerdem betrügen die jährlichen Ausgaben für seinen Unterhalt kaum 3000 DM, hatte er nur mit den Schultern gezuckt. Die nächste Ladung Dünger war dann allerdings mit einiger Verspätung eingetroffen.

Eine andere symptomatische Erfahrung hatte er mit einem ehemaligen Schulkameraden gemacht, mit dem er ziemlich befreundet gewesen und dem er seit über zwanzig Jahren nicht mehr begegnet war. Nach hartnäckigen Nachforschungen hatte er seine Adresse ausfindig gemacht, kurzerhand angerufen und den überraschten Junggesellen ohne viele Worte zu sich eingeladen. Er war von dem kindlichen Wunsch beseelt, jemandem, der mit ihm die Schulbank gedrückt hatte, seine Sachen zu zeigen.

Karl hatte ein Wochenende bei ihm verbracht und ein Interesse und eine Bewunderung für das Haus und den Garten an den Tag gelegt, die Friederich sich nicht hätte träumen lassen. Er war offenbar in der Gärtnerkunst bewandert, stellte präzise Fragen über die Schädlingsbekämpfung und die Veredelung der Bäume. Die Wohnung nannte er beneidenswert, und von der Kredenz in der Küche behauptete er, daß so ein Stück heute unter dreißig

Tausendern nicht zu haben sei.

Von sich selbst sprach er sehr wenig, über Friederichs Lebensweise aber wußte er schmeichelhafte, zutiefst wahre Dinge zu sagen.

Als sie sich vor dem Tor herzlich, ja fast bewegt voneinander verabschiedeten, hatte Karl erklärt, er müsse jetzt für einige Wochen geschäftlich in asiatische Länder verreisen, werde sich aber nach seiner Rückkehr melden. Danach hatte er nie mehr etwas von sich hören lassen.

So oder ähnlich war es Friederich mit allen seinen Bekanntschaften ergangen. Die einzigen, die ihm eine beständige Anhänglichkeit bewiesen, waren jene alten, meist alleinstehenden Frauen aus der Nachbarschaft, von denen er hin und wieder Besuch erhielt. Sie liebten und schätzten ihn auf ihre Art, und er hatte es gern, wenn sie ihm Geschichten aus ihrer Vergangenheit erzählten. Er schenkte ihnen Obst und Gemüse und erhielt von ihnen Kuchen und anderes Gebäck. Und ohne daß sie eigentlich viel gemeinsam gehabt hätten, war ihr Umgang von gegenseitiger Dankbarkeit geprägt.

Als der verspätete Frühling endlich doch Einzug hielt, waren die Tage, die Friederich seine Einsamkeit so schmerzlich vor Augen geführt hatten, schnell vergessen. Das immer neue Naturschauspiel und sein bedingungsloses Aufgehen darin stellten wieder das nötige Gleichgewicht her. Und seine abgeschiedene Existenz, die ihm eben noch unerträglich vorgekommen war, die ihm Anlaß zu bitterer Selbstanklage gegeben hatte, brachte Seligkeiten und friedvolle Zuversicht hervor.

XIV

Angeblich machen das Wissen um die begrenzte Dauer des Lebens und die daraus folgende Sorge um den Tod den wesentlichen Unterschied zwischen Mensch und Tier aus. Friederich hatte eine solche Sorge nie gekannt. Und wenn er ihr bei seinen Mitmenschen begegnete, hatte er sie stets als Ausdruck von Aberglauben oder anderen Ängsten angesehen.

Inzwischen gab es allerdings Stunden, in denen der Gedanke an den Tod ihn bedrücken, ihn mit Schwermut erfüllen konnte – wie das Fehlen eines jeglichen Horizonts jenseits der Gartenmauer.

Hatte all sein Einsatz und Eifer im Erforschen der botanischen Gesetze, im Sammeln von Werkzeugen und Erfahrungen, in der ehrgeizigen Gestaltung seiner Umgebung überhaupt einen Sinn, wenn niemand einst das Haus übernehmen und weiterführen würde und mit dem Tod alles vorbei sein sollte? Bei dieser Frage konnte ihn eine Lähmung überkommen, die ihn in stumpfe Unlust versinken ließ und manchmal selbst den Stoffwechsel dermaßen verlangsamte, daß er zwei Mahlzeiten überspringen konnte, ohne es zu bemerken.

Es handelte sich um vorübergehende Depressionen, die

schnell wieder verflogen und die für gewöhnlich von den Befriedigungen, welche ihm sein reiches Leben gewährte, in Schach gehalten wurden. Doch Friederich ahnte, daß sie eine Gefahr darstellten; daß sie, wenn auch nur ein ganz ordinärer Schicksalsschlag sein Idyll treffen sollte, leicht überhandnehmen würden.

Bei gutem Wetter und sofern keine dringenden Arbeiten ihn davon abhielten, fuhr Friederich jetzt gern mit dem Lokalzug in die hügelige Landschaft, die nicht weit von der Stadt zum Spazieren einlud. In dieser Gegend gab es noch Bauernhöfe, die das Aussehen von Familienbetrieben bewahrten, und Feld- und Waldwege eröffneten Perspektiven, in denen die Illusion märchenhafter Unendlichkeit lag. Das Gebiet erstreckte sich nur über wenige Quadratkilometer, um dann wieder in intensiv kultiviertes Flachland überzugehen, und Friederich kannte es schon bald wie seine Hosentasche. Trotzdem zog es ihn immer wieder dorthin.

Unterhalb einer Anhöhe, auf der sich eine kleine Gaststätte befand – ein beliebtes Ausflugsziel, wo auch er häufig einen Imbiß einnahm –, breiteten sich wellenartig abfallende Wiesen aus, die, an mehreren Stellen von Fichtenhainen unterbrochen, einzig der Heuproduktion dienten. Man erreichte sie über eine in den steilen Hang gegrabene, von Brettern gestützte Treppe, welche durch ein Gestrüpp von Rosensträuchern und Waldreben hinabführte und bei einem riesigen Nußbaum endete. Dort konnte man zwischen vier Pfaden wählen, allesamt wenig begangen, da die Ausflügler ausschließlich mit ihren Automobilen anreisten und sich nur selten von diesen entfernten.

Friederich bog meist nach rechts ab. Am Fuße des Hügels entlang, vorbei an verwilderten Pflaumen- und Apfelbäumen, die ihm zu gegebener Zeit großzügig ihre Früchte anboten, gelangte er zu einer alleinstehenden Birkengruppe, von der man einen einzigartigen Ausblick über die bewegte Landschaft genoß. Ein Ruheplatz, den ihm bisher noch nie jemand streitig gemacht hatte.

Während andere mindestens zwei Tapetenwechsel im Jahr brauchen, um nicht zu versumpfen, wurde Friederich dieses Ortes einfach nicht müde. Je nach Witterung, Sonnenstand oder Mondphase, je nachdem, ob er zuerst in Wäldern und an Bächen unterwegs gewesen war oder sich gleich nach der Mahlzeit zu dem schattigen Plätzchen begeben hatte, stets erschienen ihm die wechselhaften Bodenerhebungen und -senkungen ringsum in einem neuen Licht. Und die Eindrücke, die sie ihm vermittelten, waren so nachhaltig, daß ihn manchmal bei seiner Gartenarbeit ganz plötzlich eine brennende Sehnsucht nach jener unbeschränkten Weite heimsuchte und er sich, ohne lange zu überlegen, zum Bahnhof aufmachte.

Eine Weile hatte er sogar mit dem Gedanken gespielt, sich nach einem käuflichen Gut umzusehen und ganz hinauszuziehen. Es lag auf der Hand, daß die fast klinische Abgrenzung, in der er bei sich zu Hause lebte, nur auf diese Weise zu überwinden war. Doch als er lang genug erfolglos nach etwas Geeignetem gesucht hatte und der Winter sich ankündigte, zog er es schließlich vor, zu verzichten und alles beim alten zu lassen. Besser ein erprobtes Gleichgewicht erhalten und sich damit zufriedengeben als nach Unmöglichem streben, sagte er sich.

Ohne daß er es sich eingestehen wollte, fühlte er sich in der Stadt von Menschen umgeben – obgleich er mit fast niemandem verkehrte. Die Einsamkeit auf dem Lande aber fürchtete er wie eine unberechenbare Urgewalt. Und war der Schritt erst einmal getan, wer sollte ihn dann wieder rückgängig machen?

Also fuhr er fort, zwischen seinem eigentlichen Domizil und dem erweiterten Lebensraum, den er im geheimen als sein eigen betrachtete, hin und her zu pendeln, und suchte dabei, soweit es gehen wollte, glücklich zu sein.

Wäre diese Konstellation von Bestand gewesen, Friederich hätte keinem Menschen etwas zuleide getan und bei manchem sogar ein gutes Andenken hinterlassen. Er hatte genügend Anpassungsvermögen gezeigt, um mit einer gewaltigen Umwälzung in seinem Leben fertig zu werden. Und die natürlichen Altersbeschwerden, die ihm noch bevorstanden, hätte er wahrscheinlich ebenso verkraftet.

Doch er hatte gerade seinen 50. Geburtstag ohne übermäßige Emotionen hinter sich gebracht, als er eines Nachmittags nichtsahnend und wohlig erschöpft von einer langen Wanderung durch die winterliche Landschaft heimkehrte und ihm bei einem Blick aus dem Küchenfenster das Blut in den Adern stockte. Im selben Moment erkannte er, daß alles verloren war. Stumm und regungslos stand er da, als warte er noch auf ein entscheidendes Ereignis, während er genau wußte, daß die Entscheidung unwiderruflich gefallen war ...

An der gegenüberliegenden Gartenmauer floß ein Kanal vorbei, und hinter der Uferpromenade stand seit jeher eine Jugendstilkonstruktion aus Gußeisen und Glas. Diese ehemalige Werkzeugfabrik war vor vielleicht dreißig Jahren zum Kunstdenkmal erklärt und zum technischen Museum umfunktioniert worden.

Links und rechts von Friederichs Grundstück hatte der Eigentümer jenes Musterbetriebs seinerzeit einstöckige Reihenhäuser für die Arbeiter errichten lassen, die später in den Besitz der Familien übergegangen waren. Und bisher hatten dort stets anständige Menschen gewohnt, deren Gegenwart keinen Anlaß zur Klage gab.

Als um Allerheiligen die gesamte Häuserreihe am äußeren rechten Eck von einem Medienkonzern gekauft worden war, hatte die Nachricht von dem plötzlichen Besitzwechsel der teilweise leerstehenden Wohnungen – ein im Grunde ganz gewöhnliches Immobiliengeschäft – bei den Alteingesessenen ringsum einiges Aufsehen erregt. Und manche waren der Meinung gewesen, man hätte sie vorher informieren und ihre Zustimmung einholen müssen.

Friederich hatte sich bemüht, der Sache keine allzu große Bedeutung beizumessen und die Ruhe zu bewahren. Er hatte die unvorangekündigten, äußerst lärmvollen Instandsetzungsarbeiten über sich ergehen lassen und sich damit begnügt, herauszufinden, wie die beträchtlichen Räumlichkeiten fortan genutzt werden sollten.

Darüber hatte er nun letzte Klarheit erhalten. Der junge athletische Typ, ein hohes Tier der Werbeabteilung, und seine im selben Sektor tätige *Barbie*, die sich eine der umgebauten Wohnungen teilten – der Rest war in Büroräume und Photoateliers verwandelt worden –, hatten zur Einweihungsparty geladen. Und die bunten Lämpchen, die trotz der Kälte über dem Rasenstreifen längs des Kanals hingen, die Bratwürste auf dem rauchenden Grill, die Harddrinks und die Erdnußschälchen auf den weißen Plastiktischen, die gleichförmig dröhnende Musik, die jedesmal aus dem Haus drang, wenn jemand die neu eingebaute, gläserne Flügeltür öffnete – all das ließ vermuten, daß es sich hier um eine kleine Kostprobe, nicht um ein einmaliges Malheur handelte.

Die letzten Gäste gingen um halb vier, und kurz vor vier löschten die Gastgeber das Licht. Zuvor hatte sich die angeheiterte Gesellschaft stundenlang mehr oder weniger vollzählig im Freien aufgehalten, und da allgemeine Verlegenheit und sinkende Temperaturen den Alkoholkonsum förderten, waren die schmetternden Gelächtersalven in immer kürzeren Abständen aufeinandergefolgt. Irgendwann hatte ein anonymer Nachbar etwas Unverständliches in die Nacht gebrüllt, worauf unter Protesten die Stereoanlage leiser gestellt worden war und eine Zeitlang ebenso kindische wie zwanghafte Pst-Rufe die Hauptunterhaltung gebildet hatten.

Friederich sah die Sonne aufgehen. Der Himmel war durchsichtig, und die scharfen Umrisse der Pflanzen und Gebäude in der morgendlichen Stille waren ihm vertrauter und liebenswerter denn je. Er hätte hinuntergehen mögen, die Dinge aus der Nähe zu betrachten, sie anzufassen. Er hätte sich in seine kleine Welt versenken mögen ...

Niemand hinderte ihn daran. Es fehlte ihm nur die Kraft, ohne die keine Bewegung möglich ist. Und diese Kraft, das fühlte er, würde nicht wiederkehren. Eine matte innere Stimme redete ihm ein, er müsse sich wehren, um die Intimität seines Heims zu wahren; eine andere, weit glaubwürdigere sagte ihm, daß er machtlos war, daß Rücksicht und Scham keine verbreiteten Eigenschaften mehr waren und alle das Recht hatten, in das, was ihm heilig war, einzudringen.

Unendliche Traurigkeit stieg in ihm auf. Steif und frierend stand er immer noch vor dem Küchenfenster und betrachtete vernichtet den Verlust seiner einzigen Zufluchtsstätte.

Als die Beine ihn nicht mehr tragen wollten und die Augen zu schmerzen begannen, begab er sich zu Bett und schlief rasch ein.

Die folgenden Wochen verbrachte Friederich in einem erbärmlichen Zustand. Während es keines Beweises bedurfte, um die Hoffnungslosigkeit seiner Lage einzusehen, lauerte er doch ständig hinter den Fenstern und beobachtete, was sich drüben abspielte. Und das war in der Tat nicht wenig.

Der rege Lieferverkehr riß bis zum Abend nicht ab, und in diesen mischten sich die Ankünfte und die Abfahrten von festen Mitarbeitern und gelegentlichen Besuchern, Modellen und Eilkurieren. Ein Volk von stets einsatzbereiten Puppen und Hampelmännern, die schon allein wegen ihres künstlichen Auftretens und ihrer falschen Stimmen unausstehlich waren.

Womit sich die Leute eigentlich beschäftigten, was sie mitbrachten, abholten oder diskutierten, blieb Friederich ein Rätsel, obwohl er andauernd spionierte und ihn das gespenstische Spektakel selbst im Garten verfolgte, wo er zwar nichts sehen konnte, aber um so mehr die Ohren spitzte. Es interessierte ihn im Grunde auch gar nicht.

Vielmehr war es bald schwer zu entscheiden, ob das Spektakel ihn verfolgte oder umgekehrt. Wenn beispielsweise, nachdem für einige Minuten Ruhe gewesen war und sich niemand auf dem Rasen herumgetrieben hatte, der kurzgeschorene, ausdruckslose Chef mit seinem Handy wieder auftauchte und dem Apparat in proklamatorischem Ton bedeutende Entschlüsse anvertraute – dann blitzte es in den Augen des heimlichen Beobachters haßerfüllt auf; gleichzeitig aber verriet ein kaum wahrnehmbares Mienenspiel, daß er sich in einer angespannten Erwartung eines ähnlichen Ereignisses befunden hatte.

Die erhöhte Wachsamkeit führte dazu, daß Friederich nun auch unter Störungen litt, die er früher nur selten als solche empfunden hatte, wie etwa das Telefongedudel der Familie Maier. Er war überhaupt äußerst erregbar geworden. Und wenn ihm etwas aus der Hand fiel oder wenn er über ein Hindernis stolperte, konnte er richtig wütend werden.

Am meisten zehrten aber die Phototermine und die Parties im Freien an seinen Nerven. Beide waren sie unvorhersehbar, beide zogen sie sich regelmäßig in die Länge, und in beiden Fällen kam das Niveau der eingebildeten Hohlköpfe am widerwärtigsten zum Ausdruck. Frauen ohne irgendeinen schätzenswerten Charakterzug, die sich etwas darauf zugute taten, dem weiblichen Geschlecht anzugehören, erhielten von schwachsinnigen Männern Zeugnisse ihrer Galanterie und Überlegenheit. Wobei allerseits die neuesten Trends berücksichtigt wurden und man stets und vor allem darauf bedacht war, geschäftstüchtig zu erscheinen.

Friederich suchte solchen extremen Belastungen zu entgehen, indem er sich in ein geschütztes Zimmer verkroch oder aufs Land floh. Nur so blieb ihm das beklemmende Gefühl erspart, jenen Individuen restlos ausgeliefert zu sein. Andererseits ärgerte es ihn natürlich, derart ihrer Willkür ausgesetzt zu sein, und jedesmal, wenn es ihnen gefiel, davonlaufen zu müssen. Das wiederum hatte oft genug zur Folge, daß er sich dazu zwang, im Garten zu bleiben, oder aber fortwährend am Küchenfenster kontrollierte, ob seine Feinde schon das Feld geräumt hatten.

Bei alledem hatte er sich nicht dazu durchringen können, das junge Paar, den Motor jenes unseligen Treibens, aufzusuchen und zur Rede zu stellen. Er fürchtete ein klärendes Gespräch, weil er ahnte, daß man seine Klagen mit sachlichen Argumenten und abschätzigen Bemerkungen zurückweisen würde. Hatte er nicht bereits mehrmals erlebt, wie der Mann mit dem platinblonden Haar und den phantasievollen Krawatten säumige Kollegen arrogant abfertigte. Und auch seine bessere Hälfte zeigte gern die Zähne, wenn ihr jemand in die Quere kam.

Die Polizei zu rufen schien ihm ebenfalls ein aussichtsloses Unternehmen. Bei dem, was der Städter heute stillschweigend als zumutbare Belästigung hinnahm, würde er mit seinen Beschwerden kaum auf Verständnis stoßen. Wahrscheinlich würden sich die Beamten aus der Verantwortung stehlen, indem sie ihn aufforderten, Anzeige zu erstatten. Aber wie sollte er einen langwierigen Prozeß durchstehen, wenn er von vornherein wußte, daß er bestenfalls auf einen Teilerfolg hoffen konnte?

Die letzte Gewißheit, daß über eine persönliche Aussprache oder auf gerichtlichem Wege wenig zu erreichen war, erhielt Friederich, als er eines Tages, ohne sich bloßzustellen, bei seinen Nachbarn Erkundigungen über die allgemeine Stimmung einholte. Die meisten behaupteten, von der neuen Situation nicht betroffen zu sein, da sie tagsüber zur Arbeit und abends früh zu Bett gingen. Einige schimpften wohl heftig, erklärten aber im gleichen Atemzug, daß an der Sache leider nichts zu ändern sei. Und ein Opa rühmte sich schließlich, durchgesetzt zu haben, daß „der schreckliche Stereo" ab zweiundzwanzig Uhr auf Zimmerlautstärke gestellt wurde, worauf die anwesende Enkelin meinte, sie sei froh, daß hier endlich mal was los sei.

Es gab keinen Ausweg, und die Qualen, die Friederich wegen seiner Ohnmacht durchmachte, nagten zunehmend an seinem Selbstbewußtsein und brachten ihn fast um den Verstand. Unaufhörlich zerbrach er sich den Kopf über mögliche Lösungen oder Kompromisse und versank dabei immer mehr in einer zermürbenden Apathie. Manchmal brachten ihn die unverschämten Übergriffe auch derart zur Raserei, daß er einfach hinübergehen und jemanden zusammenschlagen wollte. Er stellte sich lebhaft vor, wie die anderen fassungslos zusahen und es nicht wagten, einzugreifen. Und schon das verschaffte ihm eine gewisse Erleichterung. Doch nachher bedrückte ihn sein Unvermögen, irgend etwas zu unternehmen, nur um so mehr.

Erst die zufällige Begegnung mit einer uralten Witwe brachte eine Wende. Die Frau, die seit über siebzig Jahren gleich hinter der rechten Gartenmauer wohnte und zu der Familie Güthlin stets gute Beziehungen gehabt hatte, war Friederich sehr zugetan und bewunderte den Lebenswandel, für den er sich nach dem Tod der Mutter entschieden hatte. Von dem Verkauf der an ihr Grundstück grenzenden Häuserreihe und von den darauffolgenden massiven Umbauten hatte sie nichts mitbekommen, da sie ein halbes Jahr in einer anderen Stadt zugebracht hatte, um eine kranke Tochter zu pflegen. Bei ihrer Rückkehr lag die Einweihungsparty bereits sechs Wochen zurück.

Friederich traf die zierliche, energische Siebenundachtzigjährige auf dem Marktplatz, wo er sich zwei Gläser Kastanienhonig gekauft hatte. Nach einer lebhaften Begrüßung und den gewohnten Sympathiebekundungen erbot er sich, ihren federleichten Korb zu tragen, während sie sogleich von der närrischen Überraschung zu reden anfing, die sie einige Tage zuvor erlebt hatte.

„Ich hab ja meinen Augen nicht getraut, als ich aus dem Taxi gestiegen bin und die wildfremden Menschen hinter meinem Zaun gesehen habe. Anfangs dachte ich mir noch, der junge Steiner hätte vielleicht geheiratet oder seine Studienkollegen zu einer Geburtstagsfeier eingeladen. Aber als ich dann die halbnackte Fee und den Muskelprotz im Bärenfell entdeckt habe, die auf einer Matratze posierten und geknipst wurden … Und die Häuser! Wie die sich in so kurzer Zeit verändert haben! Ich hab gemeint, ich träume."

Friederich nickte zögernd.

„Ehrlich, bei den wenigen Jahren, die mir noch zu leben bleiben, hätte mir der liebe Gott das ersparen können … Was meinen Sie?"

Friederich zog nur eine vielsagende Grimasse.

„Nun hören Sie mal, was mir vorgestern passiert ist. Da bitte ich den Kerl, der das Kommando über die verrückte Bande führt, er solle die Autos doch wenigstens nicht direkt vor den Garteneingängen parken lassen, sondern etwas weiter abseits, am Kanal entlang. Ganz freundlich hab ich ihn gebeten. Und was antwortet der kurzangebunden und ohne mich anzusehen? ‚Tut mir leid, das kann ich von meinen Leuten nicht verlangen.' Potzdonner, da hab ich die Polizei gerufen ... Die zwei jungen Beamten, die man mir geschickt hat, haben sich alles geduldig angehört und zum Schluß erklärt, solange nicht auch andere protestierten, hätte ich da keine Chance. Aber ich hab sowieso gleich gemerkt, daß ich für sie nur eine alte Schrulle war, die man nicht ernst zu nehmen braucht." Mit vor Entrüstung bebender Stimme fuhr die Frau nach einer kurzen Pause fort: „Stellen Sie sich vor, heute morgen hab ich die Gemahlin, die immer alle so von oben herab behandelt, als ob sie eine amerikanische Prinzessin wäre, etwas harsch angefahren und zum x-ten Male ermahnt, die Glastür zu schließen, wenn drinnen der Fernseher läuft. Die dreht mir einfach den Rücken zu und beschwert sich bei ihrem Mann, der im blauen Schlafrock auf der Schwelle steht: ‚Du, die Spinnerin geht mir langsam auf den Sack'. Und als ich ihr nachrufe, daß ich mir solche Frechheiten nicht bieten lasse, greift er ein und sagt mir klipp und klar, er habe nicht die geringste Absicht, Einschränkungen im privaten Bereich hinzunehmen ... Verstehen Sie?"

Friederich erwiderte nichts, doch sein Entschluß war gefaßt.

Mit einem Mal legte sich die Erregung, die ihn bis dahin beherrscht und zuletzt an den Rand des Wahnsinns gebracht hatte. Er wußte nun, daß er einen Tyrannen umbringen würde, und diese Klärung gab ihm einen Teil seiner verlorenen Seelenruhe zurück. Nach einer moralischen Rechtfertigung brauchte er nicht lange zu suchen.

Tyrannisieren bedeutete, jemandem weit über alle geltenden Gesetze und Traditionen hinaus den eigenen Willen aufzwingen. Tyrannen waren Menschen, die um ihrer Herrschsucht willen auf niemanden und nichts Rücksicht nahmen und deren Ermordung schon in der Antike als rühmenswerte Tat galt.

In unserer Epoche waren die Staatstyrannen im Aussterben begriffen. Die in keinem Verhältnis zu Fähigkeiten und Verdiensten erfolgte Bereicherung breiter Massen hatte jedoch eine Unzahl kleiner Tyrannen hervorgebracht, welche zwar keine Millionen ins Verderben trieben, aber die gleiche Persönlichkeitsstörung aufwiesen und ebenso gewissenlos Schaden anrichteten wie ihre berühmten Namensvettern.

Bei den Worten des gedemütigten Mütterchens war Friederich schlagartig zu der Erkenntnis gelangt, daß er handeln mußte, wollte er nicht elendig und schändlich zugrunde gehen.

Und obschon die Angelegenheit ihn mit Angst und Düsterkeit erfüllte, ging er sie doch mit ruhiger Entschlossenheit und klarem Verstand an. Ja, mit einer Kaltblütigkeit, die ihn selbst befremdete, machte er sich daran, einen unfehlbaren Plan zu ersinnen.

In Krimis wurde der perfekte Mord gern als ein äußerst schwieriges Unterfangen hingestellt, um den Leser mit mehr oder weniger unwahrscheinlichen, ermüdenden Verwicklungen gefangenzuhalten. Im Grunde jedoch waren, wie er bald erkannte, nur drei Faktoren für ein sicheres Gelingen ausschlaggebend: die unkomplizierte Todesart, das plausible Motiv und das einwandfreie Alibi.

Friederich entschied sich fast sofort für die Vergiftung. Der Beschaffung und dem Gebrauch einer geeigneten Schußwaffe fühlte er sich nicht gewachsen, und andere Todesarten schienen ihm mit zuviel Aufwand und zu großen Risiken verbunden.

Mit Giften kannte er sich aus. Während des Studiums hatte er ihnen mehr Zeit gewidmet, als für die Vorbereitung auf das Examen nötig gewesen wäre. Stoffe, die keine nachweisbaren Spuren hinterließen, Mittel, die einen schmerzlosen Tod garantierten, Pflanzenextrakte, die vor dem Aufkommen der Chemie benützt wurden, hatten damals sein Interesse geweckt. Und die Literatur zu diesem Thema, die sich in der persönlichen Bibliothek angesammelt hatte, war beachtlich.

Für den Fall, mit dem er es zu tun hatte, kam nur ein sehr rasch wirkendes Gift in Frage. Unkontrollierbare Reaktionen und Schreie waren unbedingt zu vermeiden. Andererseits brauchte die gerichtliche Medizin vor kein Rätsel gestellt werden. Hauptsache, die Mixtur bestand aus allgemein zugänglichen Substanzen und deutete nicht auf spezifische Kenntnisse hin.

Was das plausible Motiv betraf, machte sich Friederich wenig Sorgen. Zu oft hatte er erleben müssen, wie der Chef mit Kollegen und auswärtigen Besuchen bis aufs Messer stritt und gehässig keifte. Gewiß würde es genügend Fährten geben, die die Polizei verfolgen konnte.

Die Beschaffung des in Detektivromanen bis zum geht nicht mehr ausgeschlachteten Alibis schließlich bot ebenfalls keine Schwierigkeiten. Und da er nicht zu den Tatverdächtigen zählte, würde das seine wahrscheinlich ohnehin nicht überprüft werden.

Als die Kirschblüten aufbrachen, war alles bereit, und Friederich wartete nur noch auf eine günstige Gelegenheit. Er wollte sich seinen beiden Opfern mit einem Prestigewein vorstellen und auf gute Nachbarschaft trinken.

XV

Die lästigen, penetranten Stimmen und Geräusche, die seit einiger Zeit die Luft erfüllten, verleideten auch Minze ihre Aufenthalte im Garten. Unzählige sonnige und regnerische Tage hatte sie in den vergangenen Jahren dort verbracht, hatte neugierig die Tätigkeit ihres Herrchens verfolgt, den Vögeln beim Nestbauen zugesehen und mit offenen oder geschlossenen Augen die wechselhafte Vegetation genossen. Das kleine, von Mauern umgebene Stück Erde war ihr Eden gewesen. Damit war es nun vorbei. Denn wenngleich sie nicht die menschliche Neigung zu Nervosität hatte, so besaß sie doch ebensowenig den dickhäutigen Gleichmut einer Kuh.

Betroffen beobachtete die Katze außerdem Friederichs Rückfall in eine Unrast und Unzufriedenheit, von denen sie geglaubt hatte, daß sie ein für allemal überwunden seien. Bei der tiefen Sympathie, die sie inzwischen für ihren Gönner und Spielgefährten hegte, ging ihr sein stetiges, aufreibendes Verzweifeln an den Störenfrieden von nebenan zu Herzen. Manchmal verlor er zudem derart die Selbstbeherrschung, daß sie ernstlich für die Zukunft zu fürchten begann.

War ihr bisheriges Leben nicht in jeder Hinsicht beneidenswert gewesen? Friederich liebte die gute Küche wie sie selbst. Seine vielfältigen Beschäftigungen erschienen ihr jedesmal wie aufregende Darbietungen. Das Haus bot genügend einladende Winkel, um auch bei ekelhaftem Wetter in angenehme Betrachtung versunken vor sich hinzudämmern – wenn er las oder schlief. Und wollte sie sich einmal richtig austoben, war er trotz seines Alters stets bereit, sich mit ihr am Boden zu wälzen und die tollsten Akrobatenstücke zu vollführen.

Obwohl mit keiner sonderlichen Weitsichtigkeit ausgestattet, erkannte Minze doch, daß diese ihr vom Schicksal zugedachten Privilegien in Gefahr waren. Die Besessenheit, mit der Friederich jede Bewegung jener Leute kontrollierte, verleitete inzwischen sie selbst immer öfter dazu, auf die Mauer oder einen hohen Baum zu klettern, um zu sehen, was sich drüben tat. Und irgendwann war es soweit, daß sie nicht mehr zu unterscheiden wußte zwischen dem, was Friederich derart aufbrachte, und dem, was ihr selbst auf die Nerven ging.

Ein außenstehender Beobachter hätte das Ganze wahrscheinlich für eine Irrenanstalt gehalten: auf der einen Seite die um einer betrügerischen, verblödenden Werbung willen ständig gehetzten und überspannten Jugendlichen, auf der anderen eine schwarze Katze und ein kräftiger Herr, die zu jeder Tageszeit an den verschiedensten Orten auftauchten und deren Aufmerksamkeit immer und allein auf das Treiben jener anderen gerichtet war.

Die günstige Gelegenheit, auf die Friederich wartete, wollte sich nicht ergeben. Statt dessen stellten sich Skrupel ein, nicht zuletzt, weil ihm klar wurde, daß die Eliminierung des verhaßten Athleten und seiner Barbie nicht notwendigerweise eine Lösung des Problems bedeutete. Höchstwahrscheinlich würden die beiden einfach durch ihresgleichen ersetzt werden.

Minze, die Friederichs Absichten seinen erregten Selbstgesprächen entnommen hatte, machte diesen Skrupeln eines Tages kurz entschlossen ein Ende. Sie konnte es nicht länger mitansehen, wie er litt und sich verzehrte, häufig irreredete und sich selbst anklagte.

An einem milden Frühlingsabend – er war wieder einmal aufs Land gefahren, und sie saß gerade auf der Gartenmauer – ließ Tom einen Sektkorken knallen, um mit Jane ganz privat auf einen geilen Vertrag anzustoßen, den er nach siebenstündigen, turbulenten Verhandlungen unter Dach und Fach gebracht hatte. Während er die Stielgläser auf dem weißen Plastiktisch füllte, kündigte er einen Wochenendurlaub in Rom an und erhielt dafür einen fleischigen Kinokuß.

Da piepste drinnen das Telefon. Tom fluchte, weil er das Handy nicht in der Tasche hatte, und verschwand. Jane verzog sich ins Bad, um ihr Make-up aufzufrischen. Und Minze raste in die Werkstatt, holte das zusammengefaltete Papiertütchen aus dem Spalt im Türrahmen hervor und schüttete seinen Inhalt einige Sekunden später in die prickelnde Flüssigkeit der beiden Gläser.

Hinter einem Busch hockend, sah sie zu, wie die zwei zurückkehrten, sich im Halbdunkel zuprosteten und den Todestrunk hinunterstürzten. Er krächzte ein paarmal und griff sich ans Herz. Sie zuckte nur lautlos mit dem Kopf und starrte ihn mit aufgerissenen Augen an. Dann fielen sie nacheinander auf den Rasen und blieben steif liegen.

Gegen Mitternacht kroch der unwissende Friederich müde und fröstelnd in sein Bett. Er hatte sich bei müßigem Wandern in der ruhigen Natur etwas erholt und vielleicht auch deshalb bei seiner Rückkehr nicht weiter auf die seltene Stille im mondhellen Garten geachtet. Als er am nächsten Morgen aus dem Küchenfenster schaute, hatte man die Leichen bereits weggeschafft. Neben dem bekannten Landrover des Chefs standen jedoch zwei Polizeiautos.

Friederichs erster Gedanke war, irgendeiner von der Werbeabteilung könnte sich eines schweren Vergehens schuldig gemacht haben und die Firma müsse nun den Laden schließen. Freudig erregt setzte er den Kaffee auf und malte sich derweil aus, wie eine höhere staatliche Gerechtigkeit die erstaunten, ungläubigen Allmächtigen endlich in die Schranken wies; wie diese mit zur Schau gestellter Empörung auf ihr Recht pochten und sogleich mit strengen Worten zum Schweigen gebracht wurden. Und seine Einbildungskraft unterstützte ihn bei der Gestaltung seines Wunschtraums so rückhaltlos, daß er das Gefühl hatte, wieder aufzuleben.

Nach dem Frühstück begab er sich sofort zu der Witwe, die ihn beinahe zum Mord angestiftet hatte, um ihr Bericht zu erstatten. Er kam jedoch gar nicht dazu, seiner Hoffnung auf eine glückliche Fügung des Schicksals Ausdruck zu geben, da überfiel sie ihn bereits mit der Nachricht, „die lieben Nachbarn“ hätten Selbstmord begangen. Mit Sekt sollten sie ein Gift zu sich genommen haben.

„Ein Gift ... ein Gift ... Wann denn?“ stotterte Friederich bestürzt. Das wußte die Frau nicht. Ohne ein Wort hinzuzufügen, verließ er Hals über Kopf ihren Blumengarten und eilte in die Werkstatt. Ein Blick auf den Türpfosten genügte: das Tütchen war nicht mehr da.

Entsetzt lächelnd griff er sich an die Stirn und schnaubte. War dies ein erstes klares Zeichen seiner Unzurechnungsfähigkeit? Er konnte sich noch genau an alles erinnern, was er am Vortag erlebt hatte. Die Fahrkarte bestätigte ihm, daß er den Elf-Uhr-Zug genommen hatte. Und vor dem Schlafengehen war er in der Küche gewesen. Die Nußschalen lagen noch auf dem Tisch.

So suchte er sich zu beruhigen. Aber wußte er nicht zu gut, daß auf das Gedächtnis kein Verlaß war?

Kaltes Grauen überkam ihn. Wenn man nicht mehr

Herr seiner selbst war, war man unrettbar dem Zufall ausgeliefert. Man war dann zu allem fähig, und alles konnte mit einem geschehen. Wie von Sinnen machte er sich von neuem auf die Suche nach dem weißen Pulver und stellte eine halbe Stunde die Werkstatt auf den Kopf. Blätter und Holzteile flogen durch die Gegend, Gläser zerschellten auf dem Steinboden, und immer wieder stocherte er mit einem Messer in der leeren Spalte des Türrahmens herum. Umsonst, das Tütchen hatte sich in Luft aufgelöst. Endlich gab er niedergeschlagen und mit hervortretenden Augen auf und hockte sich auf den kalten Kanonenofen.

Er konnte sich nicht damit abfinden, daß er einen geplanten Mord ausgeführt haben sollte, ohne sich dessen bewußt zu sein. Ein untrüglicher Instinkt, ein von Kind auf gepflegtes Selbstvertrauen bestärkte ihn darin, sich auf den eigenen Kopf und nicht auf angelesene Theorien zu verlassen. Die Wahnvorstellungen, denen er in den vergangenen Wochen zu erliegen drohte – sagte er sich –, kamen von außen, waren kein Erzeugnis seiner Innenwelt … Aber kam nicht alles immer von außen?

Seine Gedanken drehten sich im Kreis. Und an einem gewissen Punkt war er drauf und dran, zur Polizei hinüberzulaufen, um sich nach näheren Einzelheiten zu erkundigen. Der letzte Zweifel mußte beseitigt werden, einen anderen Ausweg gab es nicht.

Er hatte schon das Haustor hinter sich geschlossen, als er stehenblieb und sarkastisch grinsend wieder kehrtmachte. Beinahe hätte er sich zu einem Schritt verleiten lassen, der ihn verraten und hinter Gitter bringen konnte. Soweit war es also schon mit ihm! Ohne lang zu überlegen, ging er in sein Zimmer, sammelte die kompromittierenden Bücher und verbrannte sie im Kamin.

Die Katze wunderte sich indessen, daß Friederich, anstatt glücklich über die rasche Erledigung des Falles zu sein, noch ärger seufzte, schimpfte und hastete als gewöhnlich. Da er keine lauten Selbstgespräche führte, wußte sie nicht, was in ihm vorging. Und irgendwie kam sie nicht darauf, daß er wegen des unerklärlichen Mords verstört sein könnte. Andernfalls hätte sie ihn gewiß unverzüglich aufgeklärt, um ihm diesen weiteren Schlag zu ersparen.

Am folgenden Tag war in den Zeitungen zu lesen, die Kriminalbeamten gingen nach den ersten Vernehmungen davon aus, daß die zwei Werbefachleute umgebracht worden seien. Friederich war außer sich. Er suchte die alte Witwe auf, doch die konnte ihm auch nicht mehr berichten.

Mit konfusem Gerede bemühte er sich eine Zeitlang, seine Aufregung ihr gegenüber zu verbergen. Als er dann die Erklärung für seine überstürzte Flucht vom Vortag vorbrachte, die er sich zu Hause zurechtgelegt hatte, hatte er einen Augenblick den Eindruck, die Frau blicke ihn wissend und nachsichtig an. Von da an mied er sie.

Es waren noch keine sieben Tage vergangen, da verkündeten die Boulevardblätter, der Verantwortliche des Doppelmordes sei gefaßt. Es konnten ihm schwerwiegende Interessenkonflikte und harte Auseinandersetzungen mit Tom Schroeder, ja selbst Handgreiflichkeiten nachgewiesen werden. In seiner Villa wurde ein Medikament sichergestellt, das in dem verwendeten Gift enthalten war. Und außerdem besaß er keine Spur eines Alibis.

Friederich, den eine Woche zuvor noch Skrupel wegen des geplanten Mordes geplagt hatten, ließ diese Neuigkeit kalt. Die radikale Gewissenserforschung, der er sich inzwischen unterzogen hatte, war der Todesstoß für die unantastbare Ehrfurcht vor dem menschlichen Leben gewesen. Er war jetzt überzeugt, vielleicht sogar stolz darauf, der Mörder zu sein, und daß er sich nicht an die Tat erinnern konnte, war ihm im Grunde gleichgültig. Den Typen, der statt seiner vor Gericht gestellt werden sollte, kannte er übrigens vom Sehen. Keine noch so ausgedehnte Therapie hätte bei einem derart verdorbenen Charakter etwas Liebenswertes hervorbringen können.

Wie vorherzusehen war, wurde der verstorbene Abteilungsleiter nach Abschluß der Ermittlungen am Tatort durch einen neuen ersetzt. Und schon bald zeigte sich, daß der graumelierte Fünfziger mäßiger und gesitteter war als sein Vorgänger. Er hatte eine neutrale Stimme, hörte keine monotone Musik und veranstaltete nur selten Parties. Ansonsten blieb alles beim Alten. Friederich, der nach den letzten Ereignissen ein gebrochener Mann war, nahm die Veränderungen kaum wahr.

Im Garten rührte er nichts mehr an, und zu Hause herrschte bald die Unordnung einer Junggesellenwohnung. Keine unbeschwerte, heitere Unordnung aber, sondern eine äußerst trostlose. Und da er es in seinen vier Wänden ohnehin nie lange aushielt, begann er wieder in der Stadt herumzugeistern.

Meist irrten seine Gedanken ebenso ziellos umher wie seine Beine. Schon die geringste Beobachtung – ein Mercedesfahrer mit Schirmkappe oder ein Penner inmitten des wütenden Straßenverkehrs – konnte sie zwingen, eine neue Richtung einzuschlagen. Und wenn sie durch keine wirklichen Bilder angeregt wurden, schufen sie sich ihre Gegenstände selbst und wechselten frenetisch von einem zum anderen.

Ein Blick in die verlegenen, hilfesuchenden Augen hätte in jedem, der sich nicht mit Leib und Seele der Beschaffung des täglichen Brots verschrieben hatte, Interesse und Anteilnahme wecken müssen. Doch niemand nahm weiter Notiz von dem unauffällig gekleideten Mann, der gebeugt am Fluß entlangschlich, die städtischen Straßen fluchtartig durcheilte und in Gaststätten ein- und ausging, ohne jemals Platz zu nehmen.

Wohin er sich auch wendete, überall begegnete Friederich einer Häßlichkeit, die seine vor Jahren gemachten Erfahrungen bei weitem übertraf. Einer Häßlichkeit, die Abscheu erregte, weil sie keine natürliche Mißbildung darstellte, sondern einer immer verworreneren Falschheit und Feigheit entsprang. Einer Häßlichkeit, die weder vor gebildeten noch vor betagten Menschen haltmachte und wie eine Pest um sich griff.

‚Geht es denn überhaupt ohne Falschheit und Feigheit?' fragte er sich einmal. ‚Die meisten würden doch verrückt werden, wenn sie nicht bei jeder Gelegenheit: Süß! Super! Geil! ausrufen könnten. Wenn sie sich als Rädchen einer ungeheuren Produktionsmaschinerie in Frage stellen müßten.' War diese ständig vorgetäuschte Begeisterung über jeden Schwachsinn nicht ein verständlicher Versuch, die eigene Ohnmacht zu tarnen? War sie nicht einfach Ausdruck des Selbsterhaltungstriebs?

Friederich stutzte. Zweifel stiegen erneut in ihm auf, und eine Weile fühlte er sich wie erdrückt von dieser Rechtfertigung menschlicher Misere. Er glaubte auf einmal, sich kein Urteil mehr erlauben zu dürfen, und sprach damit seine eigene Verurteilung aus.

Bis er plötzlich zornig und mit geringschätziger Miene zischte: „Was häßlich ist, kann nicht durch psychologische Erklärungen gerettet werden! Und wer heute der Wirklichkeit nicht in die Augen schaut, entgeht dem systematischen Wahnsinn auf keine Weise."

In einer ruhelosen Nacht kam Friederich auf die teuflische Idee, sich in den folgenden Tagen mit drei simplen Fragen an x-beliebige Passanten zu wenden und jeden, der nicht spontan und ehrlich zu antworten vermochte, sondern gängige Phrasen nachplapperte, zu töten.

Die Fragen, für die er sich nach eingehender Überlegung entschied, lauteten: „Können Sie fern von der Natur leben?“ „Halten Sie die heutigen Kinder für glücklich?“ und „Ist weiterer technischer Fortschritt notwendig?“ Er schrieb sich die Sätze auf und ging zu Bett. Erfüllt von einem bangen, fieberhaften Tatendrang, konnte er lange Zeit nicht einschlafen.

Im Traum erlebte er dann, was er sich vorgenommen hatte, in allen Einzelheiten. Wie ein witterndes Raubtier strich er durch eine Stadt, die er noch nie gesehen hatte und die ihm dennoch bekannt vorkam. Zuerst trieb er sich in der zentralen Fußgängerzone herum. Da in dem tollen Einkaufsgetümmel aber kein ernsthaftes Gespräch möglich schien, verließ er sie schon bald unverrichteter Dinge. In den Außenbezirken zeigten sich die Angesprochenen mißtrauischer. Einige zogen sich mit dummen Bemerkungen aus der Affäre. Andere stellten sich hartnäckig taub und gingen ihrer Wege. Friederich ließ sich dadurch nicht irritieren.

Er wandte sich grundsätzlich nur an einzelne Personen, um zu vermeiden, daß sie durch die Gegenwart anderer beeinflußt würden. Und er redete alle so freundlich und erwartungsvoll an, daß er zuweilen ein scheues Lächeln dafür erntete.

Wenn er dann allerdings hörte: „Einmal im Jahr muß ich in die Wildnis, sonst dreh' ich durch.“ oder „Leider sind die meisten Kinder total verwöhnt und können nie genug kriegen.“ oder „Verpassen wir den Anschluß, wären wir schon bald ein Dritte-Welt-Land.“ – wenn er solches oder ähnliches hörte, überkam es ihn jedesmal. Sein Gesichtsausdruck veränderte sich schlagartig, und ein vernichtender Blick durchbohrte die Schwätzer. Erschrocken und verwirrt entfernten sich diese, um nach einigen Schritten tot zusammenzubrechen.

Zwölf Leichen hatten bereits Notdienst und Polizei in Aufruhr versetzt, als er vor einer Reihe grauer Mietskasernen auf Tante Elisabeth stieß. Seine Erinnerung an diese Frau war verbunden mit festlichen Zusammenkünften bei den Großeltern an Sonn- und Feiertagen, und sie jetzt in dieser Umgebung in einem zebra-gestreiften Overall anzutreffen, während sie zwei große Plastiktüten vom Supermarkt heimschleppte, berührte ihn peinlich. Er tat so, als hätte er sie nicht erkannt.

Inzwischen hatte sich die Nachricht von den geheimnisvollen Todesfällen verbreitet, und in einer Wohnanlage war Panik ausgebrochen. Friederich setzte sein Werk unbeirrt fort. Wenn er einmal eine aufrichtige Antwort erhielt – meist handelte es sich nur um das eingestandene Unvermögen, eine Antwort zu geben –, spürte er den Impuls, alle anderen zu vergessen und sich nur auf die betreffende Person zu konzentrieren, um sie näher kennenzulernen. Aber diese Impulse waren dann doch zu schwach, um ihnen nachzugeben.

Als die siebzehnte Leiche entdeckt wurde, glaubte einer aus der kopflos schreienden Menge plötzlich den vermeintlichen Feind ausgemacht zu haben. Der Ruf nach Lynchjustiz wurde laut, und eine wilde Hetzjagd setzte ein. Friederich, um den sich niemand kümmerte, schlüpfte sofort in den nächsten Hauseingang. Mit rasendem Herzen kletterte er die Treppen hinauf, durchquerte finstere Gänge und unbewohnte Zimmer, stieg durch ein Fenster auf das steile Dach, sprang von diesem auf ein anderes, rutschte aus und erwachte, während er in eine bodenlose Tiefe stürzte. Es dauerte eine ganze Weile, ehe ihm bewußt wurde, daß er in seinem Bett lag.

Am Tag nach diesem Traum fühlte er sich völlig ausgelaugt, als hätte er schwerste Arbeit geleistet. Kopfweh und Schüttelfrost quälten ihn, und es graute ihm davor, mit irgendeinem Menschen in Berührung zu kommen. Vierundzwanzig Stunden wälzte er trübe Gedanken, rollte sein bisheriges Leben vorwärts und rückwärts auf, und nur ein tief verwurzelter Stolz wehrte die wiederholte Versuchung ab, sich gänzlich aufzugeben. Eines stand am Ende jedoch fest: er würde Haus und Garten, alles, was er besaß, verkaufen.

Schon längst empfand er den Anblick der häuslichen Umgebung, deren Geschichte ein jähes Ende genommen hatte, während äußerlich alles unverändert geblieben war, als einen grausamen Widersinn. Und es war leicht vorherzusehen, daß seine extreme Einsamkeit zusammen mit der erzwungenen Untätigkeit dort auf die Dauer Hirngespinste hervorbringen würden. Wollte er also nicht schicksalsergeben den Verlust jeden Wirklichkeitssinns abwarten, mußte er sich losreißen – auch wenn die Wunde, die er sich dadurch zufügte, vielleicht nie vernarben würde.

XVI

,Das Leben ist ein Spiel, und im Grunde läuft alles darauf hinaus, sich bis zum Ende anständig zu schlagen', hatte Friederich einmal irgendwo gelesen.

Mochte diese Maxime auch eine edle Gesinnung anzeigen, für ihn schwang darin die alte christliche Moral von Kreuz und Jammertal mit, die ihm schon als Kind fremd gewesen und es auch später geblieben war. Er hatte in den besten Menschen immer jenes „Trotz alledem" bewundert, welches auf der unauslöschlichen Erfahrung beruhen mußte, daß das menschliche Leben ein fortwährender Quell der Freude sein könnte. Da war kein tapferes, ergebenes Durchhalten, sondern der ungebrochene Wille, dahin zu gelangen, daß der Mensch Mensch sei.

Als er sich jetzt daran machte, Bücher und andere persönliche Gegenstände, von denen er sich nicht trennen mochte, in festen Holzkisten zu verstauen, trieb ihn eine ähnliche Kraft an. Woher sonst hätte er in einer so aussichtslosen Situation die Zähigkeit zu einem besonnenen Handeln nehmen sollen?

Die Versicherungsgesellschaft hatte auf seinen plötzlichen Sinneswandel mit einer Reduzierung des letzten Angebots um ein Drittel reagiert. Die dabei angeführten Argumente waren unverständlich, und Friederich wußte genau, daß er sich nur hätte ein wenig zu gedulden brauchen, um den alten Preis zu erzielen. Aber er dachte bei sich: ‚Was soll's. Geschäfte kann man von Berufs wegen treiben oder zumindest in einer souveränen Gemütsverfassung, nicht wenn einem das Wasser bis zum Hals steht.'

Mit einer gewissen dumpfen Nüchternheit prüfte er, was aufzubewahren war und worauf er verzichten mußte. Rasch, beinahe gefühllos ging er dabei vor, als ob es sich nicht um seine eigene Habe, sondern um die zurückgelassenen Dinge irgendeines Verstorbenen handelte. Und nachdem er die fünf Truhen, die immerhin nötig waren, um alles unterzubringen, auf den Dachboden einer alten Bekannten hatte tragen lassen, stand er noch einmal kurz vor dem Haus und wunderte sich, daß jemandem daran liegen konnte, es abzureißen. Den Garten betrat er nicht mehr.

Es versteht sich von selbst, daß eine Entscheidung wie die seine nur unter starkem Druck erfolgt sein konnte und daß der Auflösung des Familienbesitzes keine olympischen Betrachtungen über die Zukunftsperspektiven vorausgegangen waren. Voll und ganz auf den jeweils nächsten Schritt konzentriert, hatte er es geschafft, die heikle Angelegenheit ohne nennenswerte Zwischenfälle hinter sich zu bringen. Und als er endlich den Koffer und die Reisetasche in die wenige hundert Meter entfernte Pension Josephine trug, war dies wiederum nichts weiter als ein notwendiger Schritt.

Erst in den folgenden Tagen, die er aus Trägheit ausschließlich im *Cafe Journal* oder, bei Sonnenschein, vor einem Lokal am Marktplatz zubrachte, wenn er nicht überhaupt im Bett liegenblieb, begann Friederich langsam und schwerfällig darüber nachzudenken, wie es nun weitergehen sollte. Dafür gab es keinen vorgeschriebenen Weg mehr, der nur erkannt und befolgt werden mußte.

Ein ruhiger Fatalismus hatte sich nach der letzten Niederlage seiner bemächtigt. Ein Fatalismus, der ihn die verschiedenen Möglichkeiten erwägen und für jede angenehme Entdeckung offen sein ließ, ihn aber davor bewahrte, sich unnötig über irgend etwas zu ereifern.

Fahrten in die weite Welt schloß Friederich von vornherein aus, nicht allein wegen seiner Abneigung gegen das zigeunerhafte Dasein, sondern in erster Linie, weil er sich kein bißchen Bereicherung und Ablenkung davon versprach. Obwohl er noch nie den Kontinent verlassen und selbst Europa nur spärlich bereist hatte, wußte er doch, daß in New York wie in London, in Athen wie in Hongkong, in Tokio wie in Madrid inzwischen dieselben allzu vorhersehbaren Elemente vorherrschten, während die lokalen Züge der Bevölkerung zu einer immer schwerer auszumachenden Nebensächlichkeit verkamen. Und er hatte keine Lust, riesige Strecken zurückzulegen, um aus der Nähe zu beobachten, wie überall die letzten Überreste von Kultur mit Füßen getreten wurden.

Mit der Vorstellung, seinen Lebensabend in einer anmutigen Landschaft des Südens zu verbringen, konnte er sich ebenfalls nicht anfreunden. Gewiß lockte ihn die Sonne, die so viel tiefsinnigen Schwermut einfach verdunsten läßt. Aber er fürchtete auch, daß dort, wo die Natur sich gefälliger erwies und dies in den Zeugnissen aus vergangenen Jahrhunderten und teilweise noch in den angenehmeren Umgangsformen der heute Lebenden zum Ausdruck kam, daß dort seine Unduldsamkeit gegen die „Überlebenskunst“ unserer Epoche besonders herausgefordert werden würde.

Von der Welt, in die er als Kind hineingeboren worden war, von dem Beruf, den er später ausgeübt hatte, wie auch von der mit Bedacht gewählten Zurückgezogenheit, in der er zuletzt sein Gleichgewicht wiedergefunden hatte, war nichts übriggeblieben. Er hing sozusagen völlig in der Luft.

Und einen Erdenfleck, wo die Leute nach veralteten, ihm nicht völlig fremden Sitten zusammenlebten und er gleichsam als absonderlicher, aber gut gelittener Gast, soweit es ihm beliebte, an den alltäglichen Geschehnissen teilhaben konnte, gab es nicht.

Friederich fand bald heraus, daß das Rätsel, das ihm noch zu lösen blieb, sich in den wenigen Worten zusammenfassen ließ: Konnte man eine Lebensweise erfinden, für deren Verwirklichung es sich einzusetzen lohnte? Ein schwindelerregendes Rätsel ... Nicht umsonst hatte man die Fähigkeit, etwas aus dem Nichts zu erschaffen, stets nur Gott zugeschrieben.

Er überlegte und sinnierte. Und das überraschende Ergebnis war, daß aus dem reinen Nichts eigentlich gar nichts hervorgehen konnte ... Töricht und lächerlich wäre es gewesen, die Leistungen unserer Vorfahren nicht berücksichtigen und nützen zu wollen; auf zeitlose Errungenschaften wie Pflug und Ziegelstein, Webstuhl und Buchdruck, Edelstahl und Elektromotor zu verzichten. Und für einen Augenblick war es Friederich ein Rätsel, worin sein Rätsel überhaupt bestanden hatte, wenn doch eines auf dem anderen fußte.

Dann erinnerte er sich, daß die Menschheit inzwischen zur ewigen Fortführung der hochindustrialisierten Marktwirtschaft verdammt war und daß der Zwang, ständig zu kalkulieren, weltweit die letzten antikapitalistischen Träume ausgerottet hatte. Wenn aber einerseits die Rückkehr zur griechischen Republik etwa oder zum französischen Barock weder möglich noch anziehend erschien und man andererseits einsah, daß die Gesellschaft sich nicht mehr von selbst weiterentwickeln würde, wie es im großen und ganzen stets der Fall gewesen war, – was konnte man dann anderes tun, als sich eine neue Daseinsform ausdenken. Das Rätsel blieb also bestehen.

So saß er da und knobelte nach guter deutscher Art. Und wenn ihm auch keine direkt umsetzbare Lösung einfiel, die Gedankenspiele waren allemal eine befriedigende Beschäftigung.

Irgendwann kam er zu dem Schluß, daß er allein einen konkreten Versuch gar nicht erst anzustellen brauchte. Da man bei einem solchen Unternehmen ganz und gar auf sich selbst gestellt sein würde, mußte man zumindest auf die tätige und moralische Unterstützung durch einige Gleichgesinnte bauen können.

‚Woher diese nehmen?', fragte er sich. Und ohne recht zu wissen, wie er darauf kam, gab er sich gleich selbst die Antwort: Ein Roman war zu schreiben. Ein Werk, in dem sich der Schreibende eindeutig zu erkennen gab und das jede weitere Erklärung überflüssig machte.

Er war dermaßen eingenommen und begeistert von der Idee, daß er bereits die Genugtuung auskostete, die ihm das Eintreffen der bewegten Briefe seiner Schicksalsgenossen bereiten würde. Originelle, geistreiche Menschen, von deren Existenz er nicht zu träumen gewagt hatte, stellten sich da vor. Und er sah voraus, wie sie bei ihrer ersten Zusammenkunft von gegenseitiger Bewunderung überströmten und mit kühnen Vorschlägen wetteiferten.

Das währte solange, bis ihm, nach einigen mißglückten Versuchen, allmählich klar wurde, daß man einen Roman nicht allein aus einem vielversprechenden Bedürfnis heraus schreiben konnte. Als er schließlich aufgab, tröstete er sich mit der Feststellung, daß die gewünschten Lebensgefährten wahrscheinlich gar nicht existierten. Keiner von ihnen hatte jedenfalls bisher einen Roman, wie er ihm vorschwebte, veröffentlicht. Und auch sonst gab es keine Anzeichen, daß irgendwer darauf wartete, ihn, Friederich, kennenzulernen.

Also beschränkte er sich bei der Suche nach einer Lösung des Rätsels wieder auf sich selbst; und merkte dabei immer deutlicher, daß er tiefer und tiefer in eine Sackgasse geriet. Doch war er des fruchtlosen Grübelns inzwischen ohnehin müde. Und da es ihn auch zunehmend nervte, den Bekannten in der Stadt, die ihm über den Weg liefen, Auskunft über sich geben zu müssen, nahm er eines schönen Morgens Katze und Gepäck und fuhr aufs Geratewohl in den Schwarzwald.

Der Schein einer bereits untergegangenen Sonne erhellte noch Gärten und Felder, als Friederich unweit eines ziemlich abgelegenen Bergdorfes auf einen Gasthof stieß, der Teil eines großen Bauernhauses war und, wie sich herausstellte, von den zwei Alten der Familie geführt wurde. Das geräumige Zimmer im ersten Stock, das ihm die Wirtin zeigte, wies, neben rustikalem Mobiliar, ein schweres weißes Waschbecken mit kaltem und warmem Wasser auf und blickte auf ein holpriges Wiesenstück, wo zwischen Apfelbäumen fünf oder sechs Kühe weideten und einzelne rostbraune Hühner pickten und scharrten. Das Klo befand sich im Gang des Erdgeschosses und war durch ein Fensterchen direkt mit dem Stall verbunden. Den Duft, der es erfüllte, spürte man mehr oder weniger intensiv im ganzen Haus.

Ehe er sich dort für eine Woche verpflichtete, war Friederich tagelang mit den regionalen Buslinien von einem Ort zum anderen gepilgert, ohne etwas Rechtes für einen vorläufigen Aufenthalt finden zu können. Überall bot sich ihm dasselbe Bild, geprägt von wohlhabenden Pensionisten, zahlreichen Sommerfrischlern und neuen Häusern, die jeder Poesie entbehrten. Und wenngleich er im Grunde nur ein Bett für die Nacht benötigte, da er tagsüber in der Einsamkeit der Berge und Wälder nach dem Stein der Weisen suchen wollte, mochte er sich doch nicht unnötig schnell festlegen und einschränken.

Mit seiner unverhofften Unterkunft war er mehr als zufrieden. Wenn er in der Früh aufwachte, trug ihm die frische Morgenluft durch die offenen Fenster sanfte Geräusche und angenehme Gerüche zu. Blinzelnd beobachtete er, wie Minze mit vorgestrecktem Kopf die Spiele der beiden Hauskatzen auf der Wiese verfolgte, und schloß wieder die Lider, um in den Halbschlaf zurückzusinken. Die kleine behagliche Gaststube sowie die Tische im Schatten der mächtigen alten Linde im Hof luden jederzeit zu einem schlichten, ungestörten Mahl ein. Und mit den keineswegs aufdringlichen Wirtsleuten hatte er manchen sympathischen Austausch.

Er fühlte sich wohl in dieser Umgebung. Dennoch kletterte er anfangs von früh bis abends auf schmalen, nadelbedeckten Pfaden bergauf und bergab, ernährte sich von Brot und getrockneter Wurst, von wilden Erd- und Himbeeren und suchte durch viel Bewegung seiner Unruhe ob der ungewissen Zukunft Herr zu werden.

Erst als er begriffen hatte, daß er auf jeden Fall ein neues Zuhause brauchte und daß dieses, trotz aller berechtigten Zweifel, nur ein Häuschen mit viel eigenem Land rundherum sein konnte, begann er sich gehen zu lassen und das reifende Korn und die Schmetterlinge, die klaren Bäche und den Wald, die glühende Hitze und die Gewitter zu genießen. Und auf einmal wurde ihm auch bewußt, daß er nicht zufällig in diese Gegend gelangt war. Zum einen glaubte er zu wissen, daß hier die schöne Jahreszeit zuverlässiger sei als im Rest der Republik. Zum anderen würde sich wahrscheinlich leichter als anderswo ein geschütztes, malerisches Stück Erde entdecken lassen. Und schließlich lag Frankreich direkt vor der Tür – auch das mochte ein Grund für seine Wahl gewesen sein.

Während er sich nun ohne jede Eile nach einem käuflichen Gut erkundigte und hin und wieder ausgedehnte

Wanderungen unternahm, um Angebote zu besichtigen, gab er sich ganz den sommerlichen Empfindungen hin. Schon lange hatte er nicht mehr so weltvergessen im hohen Gras gedöst und an dem geschäftigen Treiben des niederen Lebens teilgehabt. Die warme Luft hauchte über ihn hinweg, und er spürte in ihr eine zarte, allseitige Sattheit, die sich auf ihn übertrug.

Friederich hatte keine Lektüre bei sich und hielt sich für gewöhnlich in der Nähe des Hauses auf. Doch die vielen kleinen, der unregelmäßigen Bodenbeschaffenheit angepaßten Äcker waren ihm eine unendliche Weite, und die Zeit verfloß, ohne daß er es wahrnahm.

Er sah der Bauersfrau im Gemüsegarten zu, erzählte ihr von seinen eigenen Erfahrungen und erntete die ehrfürchtige Bewunderung, die Dilettanten einem wahren Meister entgegenzubringen pflegen. Dabei lehrte sie ihn Merkwürdigkeiten im Verhalten der Pflanzen und ihrer Schädlinge, die schwerlich in einem Sachbuch zu finden gewesen wären und nur auf jahrelanger Beobachtung und der Weitergabe von Generation zu Generation beruhen konnten.

Als ihr Mann sich an einem klaren Julitag um die Mittagszeit – wenn das grelle Sonnenlicht die Farben verblassen läßt – daran machte, seinen sieben Bienenstöcken den ersten Honig zu entnehmen, lernte Friederich die faszinierende Welt dieser Insekten kennen. Wie sie sich auf den fein gegliederten, goldenen Waben auf engstem Raum drängten, emsig und doch ohne jede ungeordnete Hast! Er wurde des herrlichen Schauspiels nicht müde. Und nachdem er drei Tage lang dem Schleudern beigewohnt, von dem dickflüssigen, mit Wachs und Pollen gewürzten Blütennektar gekostet und die wunderlichsten Geschichten über die Gewohnheiten dieser Tierchen gehört hatte, saß er noch manchen Abend neben den Fluglöchern und schaute und schaute, bis es dunkel wurde.

Viele frohe Stunden bereitete ihm auch die vierjährige Tochter, deren lebhafter, ernster Blick ihm gleich bei seiner Ankunft aufgefallen war. Das Kind zeigte bald Interesse an dem seltsamen Gast, der sich neugierig in der Scheune herumtrieb, versonnen vor einem Spinnennetz am Zaun verweilte, mit seiner Katze spazierenging und die Körner der noch grünen Ähren aß. Ermutigt durch seinen vertrauten Umgang mit Eltern und Großeltern, folgte sie ihm manchmal in einem gewissen Abstand, wenn er sich nicht weit von zu Hause entfernte. Er merkte es, lächelte ihr einladend zu, doch die gegenseitige Scheu war vorerst stärker, und es blieb bei den Augenkontakten.

Eines Nachmittags, während die Mutter gerade mit der Tochter Wäsche aufhängte, spannte Friederich eine vielleicht dreißig Meter lange Schnur zwischen einem Ast der mächtigen Linde und dem Stamm eines Kirschbaums auf der anderen Seite des Gemüsegartens. Er hatte aus hartem Karton einen kleinen Radler gebastelt, der sich mittels eines durch die vorgestreckten Fäuste gehenden, 30 cm langen Drahts, an dessen Enden zwei tiefhängende Brennholzpflöckchen befestigt waren, im Gleichgewicht hielt. Die Beine hatten an Knien und Hüften Gelenke, und da die Füße in den aus einem kurzen Drahtstück geformten Pedalen steckten und deren Achse durch das große Vorderrad führte und mit diesem verklebt war, strampelte das Männchen beim Fahren, wie wenn die Bewegung von ihm ausginge.

Kaum war der einzelgängerische Herr aufgetaucht und hatte mit den Vorbereitungen zum ersten Auftritt seines Zirkusartisten begonnen, da vergaß das Mädchen die nassen Strümpfe und Hemden und tat einige Schritte auf ihn zu. Höchst aufmerksam und erregt verfolgte es jeden seiner Handgriffe. Und als er die Räder auf das obere Ende der leicht geneigten Schnur stellte und die sorgfältig mit

Buntstiften bemalte Figur langsam und schwankend, aber kräftig in die Pedale tretend über die Wiese schwebte, nacheinander Salatköpfe, Zwiebelgrün, Kohlrabi und Petersilie hinter sich ließ und jenseits der Johannisbeerstauden verschwand, stieß das Kind einen leisen Jubelschrei aus. Die Frau, die ebenfalls herangetreten war, äußerte erstaunt: „Sie sind ja ein Zauberkünstler!"

Die Nummer mußte mehrmals wiederholt werden, um die unermüdliche Begeisterung der Kleinen zu stillen, und von da an sah man sie oft mit Friederich zusammen. Sie erzählte ihm von Mäusen und Leuchtkäfern, von Frau Holle und dem gestiefelten Kater, von Stadtbesuchen bei einer Tante und Zuckerfrüchten im Bäckerladen des Dorfes. Und sie machte große Augen und lauschte, wenn er ihr zeigte, wie man aus Halmen einen Korb flicht, oder von den Flügen der Schwalben in ferne Länder sprach.

Friederich erlebte die Kraft und die Ermutigung, den Trost und die Beruhigung, die der Erwachsene von einem unschuldigen, geliebten Kind empfangen kann, wie ein längst verschollenes Glück; wie eine Naturerscheinung, an deren Existenz er schon nicht mehr geglaubt hatte. Und seine Erschütterung darüber war manchmal so stark, daß ihn ein wohliger Schauder durchlief. Wenn er das Mädchen dann unversehens fest in seine Arme schloß und sie ihn forschend betrachtete, mußte er jedesmal von Herzen lachen.

Er schnitzte ihr eine Weidenpfeife und brachte ihr bei, ein Lied darauf zu spielen. Gemeinsam sammelten sie Heidelbeeren und Haselnüsse, zählten die Sterne am Himmel und balgten sich mit Minze im frisch geschnittenen Heu. Und wenn es besonders heiß war, stiegen sie zum Bach am Fuß des Berges hinab.

Nur wenige Wanderer auf der Suche nach einem Nachtlager verirrten sich zu dem Gasthof, der nicht den geringsten Anforderungen eines modernen Hotels entsprach und auch in keinem Reiseführer verzeichnet war. Wenn doch einmal zwei oder drei aufeinandertrafen, blickte man sich prüfend an, wechselte ein paar oberflächliche Worte über die Vorzüge der einfachen Unterkunft und die irrwitzigen Zustände in den bekannten Ferienparadiesen und zog tags darauf wieder von dannen.

Einzig eine junge Frau, die, wie Friederich später erfuhr, des öfteren an diesem abgelegenen Ort weilte, hielt sich längere Zeit auf. Sie trug kurzes Haar und war nicht geschminkt, und als er sie das erste Mal sah, während sie an einem der Tische im Hof maschinengeschriebene Blätter korrigierte, meinte er, daß es sich um einen jungen Mann handelte. Entzückt studierte er die markanten, feinen Züge, in denen sich auf eine seltene Weise Charakter und Reinheit verbanden, bis sie, da sie sich offenbar beobachtet fühlte, herausfordernd zu ihm herüberschaute und er an den Augen erkannte, daß er sich geirrt hatte.

Mehrere Tage begegnete er ihr nicht mehr, und ohne der Sache große Bedeutung beizumessen, bedauerte er es doch, daß sie so schnell wieder abgereist war. Vom Fenster ihres Zimmers aus wohnte sie unterdessen seiner Ausgelassenheit mit Kind und Katze bei und belauschte eine Unterhaltung mit der Bäuerin. Einmal hockte sie im Wald auf einem Baumstumpf, als er nachdenklich eine Melodie summend vorbeischlenderte. In einer moosbewachsenen Senkung hielt er inne, bückte sich, die winzigen Gewächse aus der Nähe zu betrachten, und strich liebevoll mit der Hand über den weichen Teppich. Ein andermal neckte er hinter dem Haus belustigt vier Gänse, die immer wieder mit aufgerissenen Schnäbeln auf sein vorgetäuschtes Futterangebot losstürmten, und merkte nicht, daß sie wenige Meter von ihm entfernt an ihrem Manuskript arbeitete.

Eines Abends dann, als er sich in der fortgeschrittenen Dämmerung zu einem Rundgang aufmachte, gesellte sie sich zu ihm und fragte unvermittelt: „Haben Sie etwas dagegen, wenn ich Sie ein Stück begleite?“ Er hatte wegen des rauschenden Laubes und des grasigen Bodens ihre Schritte nicht gehört und schrak zusammen. Beim Anblick des bekannten Gesichts faßte er sich und murmelte überrascht: „Ach, Sie sind es!“ Einen Augenblick standen sie sich unschlüssig gegenüber, bis sie die Frage wiederholte und er stumm den Kopf schüttelte.

Der schmale Pfad führte zwischen zitterndem Hafer und noch jungem Mais hindurch, mündete in einer recht ausgedehnten Weide, auf der schwere, reglose Kühe ruhten, und bog hinter einer Bodenerhebung, an einer Steinhütte, die eine Elektroturbine enthielt, talwärts ab. Am Sturzbach entlang ging es hinunter zu der unasphaltierten Straße und auf dieser wieder zurück zum Hof. Von gold-roten Streifen durchzogen, leuchtete der Horizont, färbte auf Pflanzen und Wasser ab, und die gleichmäßige Tönung ringsum strahlte einen eindrucksvollen Frieden aus. Doch unmerklich und rasch erstarb das Licht, und wie sie zum zweiten Mal zu den stillen Wiederkäuern kamen, lag alles bereits im Glanz des Mondscheins.

„Ich habe Sie bei verschiedenen Gelegenheiten zufällig beobachtet und würde gern wissen, wer Sie sind“, sagte die Frau, nachdem sie lange geschwiegen und ihm nur von Zeit zu Zeit in die Augen geschaut hatte. Friederich, der durch ihr jähes Erscheinen und ihr unbefangenes Wesen ein wenig verwirrt war, erwiderte: „Da müßte ich Ihnen ja mein ganzes Leben erzählen.“ Worauf sie mit einer lässigen Geste meinte: „Wenn Sie dazu bereit sind, warum nicht?“

In der Pause, die nun folgte, runzelte sie plötzlich ohne ersichtlichen Grund die Stirn, und als er sie verwundert musterte, lächelte sie bitter und hart und drehte sich zur anderen Seite. Friederich zögerte, suchte ihre Absichten zu erraten und dem Schmerz, der sich in der angespannten Miene offenbart hatte, einen Sinn zu geben; aber ihr Gesicht hatte sich schon wieder geglättet, und sie starrte jetzt ausdruckslos vor sich hin.

Unzählige Male legten sie denselben Weg zurück, wie eine vorgegebene Strecke in einer Parkanlage, auf der man sich plaudernd ergeht, ohne ihrer müde zu werden. Friederich kam der ungewöhnlichen Aufforderung anfangs mit einer steifen, schematischen Darstellung seiner Familienverhältnisse nach. Es war ihm etwas peinlich, so ohne jeden Grund zu einer Fremden von sich selbst zu sprechen. Das aufrichtige Interesse, mit dem sie ihm zuhörte und das noch durch scharfsinnige Bemerkungen unterstrichen wurde, verscheuchte jedoch bald alle Bedenken. Er fand Gefallen daran, einen sanften, wehmütigen Gefallen, sich an Geschichten zu erinnern, die weit zurücklagen und die ihm teilweise erst jetzt wieder einfielen. Und es waren unglaublich viele Erlebnisse und Anekdoten, die sich da miteinander verknüpften und aneinanderreihten. Er mußte gar nicht überlegen, es plätscherte mühelos aus ihm hervor. Und sie drängte ihn nicht, sondern nahm nur alles mit einer Teilnahme auf, als ob es sie persönlich anginge.

Wenn seine Redseligkeit sich erschöpfte, was hin und wieder geschah, schien sie eine Weile über das eben Vernommene nachzusinnen; dann erkundigte sie sich nach etwas, wollte etwas genauer wissen, und der Erzählfluß kam wieder in Gang. Und obwohl fast immer er sprach und sie lauschte, war es doch so, als läse er aus einem sonderlichen Buch vor, und beide erfreuten sich an den lebhaften Beschreibungen.

Gegen drei Uhr holte Friederich eine halbe Flasche Wein, trockene Wurst und Brot aus seinem Zimmer, denn sie dachten noch nicht daran, zu Bett zu gehen, und bekamen Hunger. Die Frau schlug außerdem vor, am Waldrand ein Feuer anzumachen, um sich zu wärmen.

Und schon bald saßen sie vor einem Haufen morscher Äste, die gut brannten, blickten gebannt in die knackenden, funkensprühenden Flammen und aßen und tranken. Guter Dinge, wie einer, der die übliche Kompliziertheit menschlicher Beziehungen aus den Augen verloren hat, horchte Friederich in die Nacht. Im nahen Dickicht raschelten irgendwelche Tiere, und wenn der Wind schwieg, hörte er in der Tiefe deutlich den Bach.

Die Tatsache, daß er diese unbeschwerte Gemeinsamkeit, dieses Schweben im unbestimmten Raum mit einer Frau teilte, hatte für Friederich einen besonderen Reiz. Ihr stolzer, selbstbewußter Blick hatte nichts von männlichem Machtwillen oder weiblicher Eitelkeit. Er verlieh ihr vielmehr das Aussehen eines erwachsenen Kindes, wie es Maler nur selten geschaut haben. Und Friederich ergötzte sich an der Natürlichkeit, mit der sie jahrtausendealte Vorurteile Lügen strafte.

Er hatte sich, die Arme unter dem Kopf verschränkt, ausgestreckt und gab sich angenehmen Gefühlen hin, als sie sich auf einmal mit einer unheimlich veränderten, düsteren Stimme an ihn wandte: „Woran denken Sie?“ Erschrocken fuhr er hoch und fragte: „Was ist denn los?“ „Woran haben Sie soeben gedacht?“ wiederholte sie hartnäckig. Und da er nicht antwortete, sagte sie in einem verächtlichen Ton, der ihm durch Mark und Bein ging: „Sie werden doch nicht leugnen wollen, daß Sie darauf aus sind, mit mir zu schlafen.“

Friederich schaute sie entgeistert an und stammelte: „Wie kommen Sie darauf?“ Er lachte kurz auf, um alle Zweifel zu verscheuchen, aber ihr von Wut und Leid verzerrtes Gesicht war für keinen Spaß zugänglich. Mit einem Stecken fuhr sie nervös in der Glut herum und stieß dabei immer wieder beängstigende Seufzer aus. Schließlich nahm er ihre Rechte und bat sie: „Glauben Sie mir... Ich schwöre Ihnen, daß ich keinen Augenblick daran gedacht habe." Sie entzog ihm die Hand und schrie unerbittlich: „Ihr seid alle gleich!" Dann stand sie auf und entfernte sich. Entsetzt und unfähig, sie zurückzuhalten, sah er ihr nach, bis die Finsternis sie verschluckte.

Da waren sie wieder, die Gespenster, die er wunderbarerweise vertrieben gewähnt hatte. Das wenige, was er über die Demütigungen, die körperlichen und geistigen Nötigungen von Frauen wußte, ging ihm durch den Kopf. Und obwohl er sich keiner Schuld bewußt war, fühlte er sich wie gebrandmarkt.

Für gewöhnlich war er von der absurden, aus der Zeit der Sklavenhaltung stammenden Rollenverteilung nur insofern betroffen, als er auf geschlechtlichen Verkehr verzichtete. Es war für ihn unvorstellbar, mit einem Menschen, dem gegenüber er nicht grenzenloses Vertrauen und tiefe Verwandtschaft empfand, zu einer körperlichen Intimität zu gelangen. Und wahrscheinlich hatte ihn auch die instinktive Furcht davor, er könnte einem Frauenschänder gleichen, stets davon abgehalten, die Initiative zu ergreifen. Selbst wenn er manchmal an seiner Natur zu verzweifeln drohte, hatte er das immer mit sich allein ausgemacht.

Wenn Frauen kurze Röcke trugen, um darauf hinzuweisen, daß sich darunter etwas verbarg; wenn Männer von einer tollen Figur, von Sinnlichkeit und Schönheit schwatzten; wenn junge Paare das alte Spiel sinnlos und geschmacklos fortführten – dann betrachtete er das als ihre Angelegenheiten, die ihn nichts angingen.

Diese Abkapselung hatte sich als unzulänglich erwiesen. Er verstand nicht, was soeben passiert war. Er ahnte nur dunkel, daß er irgendwie schreckliche, abscheuliche Erinnerungen geweckt haben mußte. Die grausame Art aber, wie die sorglose Vertraulichkeit zwischen ihnen ein Ende gefunden hatte, erfüllte ihn mit Grauen.

Friederich hatte kein Bedürfnis, Erklärungen von ihr zu verlangen, sich zu rechtfertigen oder zu verteidigen. Die allgegenwärtige Erniedrigung der Frau, die mit immer neuen Argumenten verdeckt und verherrlicht wurde, erschien ihm wie ein Abgrund, in dem zu wühlen der reinste Hohn gewesen wäre. Er hatte Angst, sie zu verletzen, und versank in einer großen Traurigkeit.

Wie einfach hatte sich das Leben in seiner fernen Jugend dargestellt. Und war es nicht ein Widersinn, daß es nicht so sein sollte? Selbstverständlich war es einer, und jedesmal, wenn er an die Anklage dachte, die auf schändliche Weise seine so wirklichkeitsnahe Illusion zerstört hatte, krampfte sich alles in ihm zusammen.

Irgendwann spürte er, daß die Hosen vom Tau feucht waren, zog die Beine an und schob die noch nicht abgebrannten Holzreste zusammen. Da bemerkte er, daß sie zurückgekehrt war und nicht weit von ihm unentschlossen verharrte. Seine tränennassen Wangen schienen sie in Verlegenheit zu bringen. Aber sie unterdrückte diese Gefühlsregung sogleich und sagte, ohne versöhnlich zu wirken: „Wenn Sie nichts dagegen haben, möchte ich Ihnen jetzt eine Geschichte erzählen. Vielleicht können Sie mir danach erklären, was Sie als Psychoanalytiker oder -therapeut, oder was immer Sie sind, davon halten.“ Sie hatte einen provozierenden Ton angeschlagen, um ihn auf die Probe zu stellen. Und daß er sich weder übermäßig eingeschüchtert zeigte noch etwas entgegnete, beruhigte sie offenbar.

„Sie müssen wissen“, begann die Frau, ohne sich zu setzen, „daß ich seit meiner Kindheit eine große Anzahl von oft unbegreiflichen, meist widerwärtigen Erfahrungen mit Männern gemacht habe …“ Sie unterbrach sich und blickte ihm kurz in die Augen, ehe sie fortfuhr: „Vor ungefähr drei Jahren lernte ich einen Kinderbuchillustrator kennen. Ich bin auf demselben Gebiet tätig, und wir wurden bald gute Freunde. Ja, er entsprach so wenig dem Bild, das ich mir bis dahin von Männern gemacht hatte, daß ich dieses in den hintersten Winkel meines Gedächtnisses verbannte, wenn ich mit ihm zusammen war... Und wir waren sehr viel zusammen." Sie machte wieder eine Pause und atmete tief durch, wie um Kraft zu schöpfen. „In den vergangenen Monaten hatten wir öfters mal aus geringfügigem Anlaß Streit. Er war vielleicht neidisch, weil ich einige Auszeichnungen erhalten hatte, ich weiß nicht ... Bei unserer letzten Auseinandersetzung ging es um eine Auswahl von Kupferstichen aus alten Märchenbüchern, die wir für einen kunstgeschichtlichen Band zusammenstellen sollten. Er ärgerte mich, indem er absichtlich unmögliche Vorschläge machte und dann unbedingt recht haben wollte, und zuletzt verlor ich die Geduld ... Am selben Abend hatte er ein Arbeitsessen mit einer Verlagslektorin, und am nächsten Morgen erfuhr ich von ihm, daß er mit ihr ins Bett gegangen war." Ihr Gesicht wirkte plötzlich wie ausgehöhlt, und ihre Stimme bebte. „Nach dem, was Sie mir von sich erzählt haben, gehe ich davon aus, daß Sie nicht anfällig sind für die hirnverbrannten Enthüllungen, welche die Medien tagtäglich über den sogenannten Sex verbreiten. Dennoch bin ich mir sicher, daß Sie keine Vorstellung davon haben, wie unterschiedlich Frauen und Männer das erleben, was gemeinhin als Betrug oder Untreue bezeichnet wird. Für den Mann handelt es sich dabei hauptsächlich um eine Ehrensache, während der Frau bei einer solchen Gelegenheit deutlich vor Augen geführt wird, daß sie im Grunde, trotz aller fadenscheinigen Errungenschaften, nur als Körper etwas wert ist. Als Stück Fleisch, das gewisse Eigenschaften besitzen muß, das man begaffen und jederzeit gegen ein anderes austauschen kann. Entgegen aller großherzigen Beteuerungen läuft es zwangsläufig immer wieder darauf hinaus … Sie können mir glauben, es hat nicht viel gefehlt, und ich hätte meinen guten Freund aus der Welt geschafft. Und das wäre wahrscheinlich die sauberste Lösung gewesen. Aber ich quälte mich lange mit Selbstzweifeln herum, und am Ende habe ich es wie der Werther gemacht und einen Roman geschrieben." Sie lächelte künstlich und ließ sich ihm gegenüber im Schneidersitz nieder. „Ob das dem Schwein das Leben gerettet hat, ist noch nicht entschieden …"

Friederich fühlte sich unwohl in seiner Haut. Er war noch nie direkt mit einer solchen Geschichte konfrontiert worden, und er wußte nicht, worauf die Frau hinauswollte. Unruhig grub er die Finger in das Erdreich, während sie nach den richtigen Worten suchte, um zu einem Abschluß zu kommen und ihre Frage vorzubringen. Endlich hob sie seltsam verlegen wieder an: „Mein Freund behauptete, die Lektorin habe ihn verführt. Er habe ihre Versuche zuerst abgewehrt, sei dann aber von der eigenen Leidenschaft überwältigt worden … Was sagen Sie als Mediziner dazu: Die Männer sind anscheinend andauernd von der Lust gejagt. Sie können gar nicht anders, sobald sie eine Frau sehen, sind sie theoretisch stets bereit, und ihr Ding funktioniert auch fast immer. Wenn nicht, müssen sie schleunigst zum Arzt … Bei uns Frauen, bei mir jedenfalls, ist das nicht so. Hat der liebe Gott da etwas falsch gemacht?" Bei diesem letzten Satz grinste sie. Und als er nicht gleich antwortete, machte sie die spöttische Bemerkung: „Hat es Ihnen die Sprache verschlagen, Herr Psychotherapeut?"

„Ich bin schon lange kein Psychotherapeut mehr", entgegnete Friederich. „Und ich kann Ihnen nur sagen, was ich aus eigener Erfahrung weiß." Er drehte sich eine Zigarette, die erste in dieser Nacht, um etwas Zeit zu gewinnen, und tat einige Züge, um seine Aufregung zu dämpfen. Doch dann fürchtete er, paternalistisch zu erscheinen, und zögerte nicht länger.

„In der Schule hatte ich Schwierigkeiten, weil ich unfähig war, ständig fröhlich und witzig zu sein, über alles Bescheid zu wissen und mich unter allen Umständen durchsetzen zu wollen, wie meine Kameraden. Die Mädchen konnten, wenigstens bis zu einem gewissen Alter, schweigen, sich das ihre denken. Einem Jungen war das nicht gestattet. Wenn er nicht immer auf Draht war und überall mitmachte, wurde er höchstens als nicht ernst zu nehmender Eigenbrötler geduldet. Ein auf die Dauer sehr ungutes Gefühl, wenn man heranwächst und sich in der Welt noch überhaupt nicht auskennt … In der Pubertät sind die Jungen den Mädchen gegenüber meist unbeholfen und verklemmt. Dann verleugnen sie auch hier jede natürliche Scham und überwinden die Verlegenheit gegenüber der Frau, indem sie ihr und sich selbst zeigen, daß das Ding funktioniert. Damit ist die Entwicklung abgeschlossen …“

Sie sah ihn mißtrauisch an. „Das klingt ziemlich überzeugend, wenn auch ein wenig nach Entschuldigung … Aber Sie haben noch nicht auf meine Frage geantwortet. Gibt es einen physiologischen Unterschied zwischen Mann und Frau, der die von Ihnen beschriebene Fehlentwicklung vielleicht fördert?“

„Ich glaube nicht, trotz allem, was ich darüber gehört und gelesen habe.“

„Und wie erklären Sie sich, daß romantische, wahrheitsliebende Leute wie etwa Heine obszöne, frauenfeindliche Dinge schreiben konnten?“

„Erklären kann ich es mir nicht, weil ich mich nicht in ihre Lage zu versetzen vermag. Ich weiß nur, daß die Frauen damals unnahbare Wesen waren, und die Literatur, von der diese Männer sich nährten, fast unausweichlich auf Abwege führte … Außerdem vermute ich: Wer eine wildfremde Frau begehrt, verachtet das Weib. Und er verachtet es, weil er im Grunde schon seine Mutter nicht achtete."

Eine Weile schwiegen beide, wechselten nur Blicke, in denen eine zaghafte Vertrautheit, so etwas wie eine unausgesprochene Mitwisserschaft durchschimmerte. Dann stand sie auf und ging Holz holen. Als das Feuer wieder richtig brannte, setzte sie sich neben ihn und gab ihm ein weiteres Rätsel auf: „Was sollte Ihrer Meinung nach eine Frau tun, die alles mit ihrem sehr einfühlsamen Mann teilt und dennoch eine unüberwindliche Abscheu vor dem Koitus empfindet, während er nicht darauf verzichten kann?" Friederich überlegte nicht lange: „Sich von ihm trennen, wenn seine Einfühlsamkeit so beschränkt ist."

Langsam zog der Tag herauf. Eine noch matte Helle ließ die Schatten schwinden, und die zauberhafte Ruhe ringsum war voller Versprechen. Mit der Schwere der Übernächtigung in Kopf und Gliedern tauschten die beiden Erinnerungen aus und sprachen von Hoffnungen für die Zukunft, ohne eigentlich Müdigkeit zu verspüren. Sie waren sich nahe, und sie waren glücklich, obwohl sie doch wußten, daß sich ihre Wege wieder trennen würden.

Als dann die ersten Sonnenstrahlen hinter dem Bergsattel hervorstachen, nahm die Frau die Mappe mit ihrem Romanmanuskript, das sie die ganze Zeit über mit sich herumgetragen hatte, und warf es in die Flammen. Friederich stürzte nach vorn, um es zu retten, doch sie packte ihn an der Jacke und gebot ihm mit scherzender Strenge: „Finger weg! „

Fünf Wochen blieb Friederich noch in dem Gasthof, der ihm neben vielen lieben Bekanntschaften eine so denkwürdige Begegnung beschert hatte. Dann mußte er sich um das Haus kümmern, das er inzwischen zusammen mit 27 Hektar Grund erworben hatte. Zum Abschied schenkte er dem Kind den kleinen balancierenden Radfahrer und nahm dafür das Bild ihres strahlenden Gesichtchens mit.

XVII

Das Haus lag in einem tiefen, talähnlichen Bergeinschnitt, der sich gegen Süden öffnete, und war auf allen Seiten von Wald umgeben. Sein Erbauer, ein verdienstvoller Adeliger und Gelehrter aus dem 19. Jahrhundert, hatte allerdings eine hinreichende Fläche roden lassen, um in jener geschützten Lage mit Weinstöcken aus aller Welt experimentieren zu können. Und es hieß, daß der in einen Hang gegrabene, mit Ziegelbögen abgestützte Schacht einst über siebzig Fässer mit verschiedenen Weinen beherbergt haben sollte.

Das Gebäude selbst war anspruchslos. Doch die soliden Steinblöcke, aus denen es errichtet war, die abgerundeten Simse und die dunkelgrünen Läden der Fenster sowie die massive Flügeltür, über der ein von der Witterung angegriffenes Wappen standhielt, verliehen ihm ein herrschaftliches Gepräge. Andererseits ließen der quadratische Grundriß und die geringen Ausmaße es fast wie ein Lusthaus erscheinen. Und die vorherigen Besitzer, ein reiches Kaufmannsgeschlecht, hatten es in der Tat, wenn auch sehr selten, als solches benützt. Bis der letzte Erbe dieses tote Kapital leid gewesen war und beschlossen hatte, sich damit ein exklusives Luxusauto zu finanzieren.

Das Erdgeschoß war aufgeteilt in einen rechteckigen

Salon mit Kamin und drei Fenstern, ein wesentlich kleineres Schlafzimmer, eine längliche, helle Küche, in der ein marmorner Spülstein und die daran anschließende Konsole aus demselben Material auffielen, und ein Bad, das jemand noch vor dem Krieg mit Badewanne, Waschbecken und Bidet hatte ausstatten lassen. Die Fußböden waren überall in einem miserablen Zustand, aber ihre Renovierung lohnte schon allein wegen der ornamentalen Einlegearbeit, die wenigstens teilweise noch erhalten war. Von den bunt zusammengewürfelten, minderwertigen Möbeln hingegen schien nichts erhaltenswert, und ihre Entfernung durch den Verkäufer war vertraglich festgelegt worden.

Über eine Wendeltreppe im Eingang gelangte man schließlich zu dem völlig leeren Dachboden, der sein Licht durch vier symmetrisch angeordnete Luken empfing und dessen vier Tragbalken auf einer etwas plumpen Holzsäule in der Mitte des Raumes zusammenliefen.

Aus einem verblichenen Gemälde, das unten über dem Ehebett hing, war zu ersehen, welch ein Bild die Umgebung hundert Jahre zuvor geboten hatte. Von den fächerartig angepflanzten Reben und den drei am Fluchtpunkt gelegenen Hütten war keine Spur übriggeblieben, und das Gras mähte seit Jahrzehnten ein Bauer aus der Nachbarschaft kostenlos. Nur eine uralte Kastanie und einige ungeheuerlich verwachsene Weiden, die um das Haus verstreut waren, mochten noch aus jener Zeit stammen. Und gegenüber dem Tor sprudelte wie damals Quellwasser aus einem Fuchsmaul in den ausgehöhlten Granitblock, der von floralen Randreliefs umgebene bacchische Szenen aufwies.

Den ersten Winter verbrachte Friederich mit der Wiederherstellung der Böden und anderweitigen Ausbesserungen des inneren Mauerwerks. Da er sich vorgenommen hatte, die Einrichtung nach und nach selbst zu schreinern, entwarf er außerdem einen hübschen Schreibtisch mit

Laden und Lädchen und den dazugehörigen Stuhl und begann um Weihnachten mit ihrer Verwirklichung. Er bedauerte es jetzt, in seiner großen Niedergeschlagenheit so vieles achtlos hergegeben zu haben. Und ein Anruf bei der Versicherungsgesellschaft nahm ihm die Hoffnung, vielleicht noch etwas wiederbekommen zu können: mit dem Abriß sollte erst im April begonnen werden, aber die Versteigerung allen beweglichen Guts – wahrscheinlich um Spottpreise – hatte bereits stattgefunden.

So begnügte er sich denn vorerst mit ein paar provisorischen Korbmöbeln und redete sich ein, daß ein klarer Bruch mit der Vergangenheit ohnehin das Beste sei.

Übrigens hatte er sein neues Zuhause bald liebgewonnen. Draußen pfiff ein eisiger Wind, es schneite und schneite, doch in der noch schmucklosen Wohnung war es warm, und niemand störte ihn in seinen Träumereien. Unbesorgt konnte er im Kamin und in den beiden Öfen Holzscheite aus dem reichen eigenen Bestand nachlegen, und wenn er an die Erde dachte, in die seine winzige Burg großzügig eingebettet war, die alle zwanghaften Modeerscheinungen von ihm fernhielt und in verschwenderischer Fülle Früchte geben konnte, dann fühlte er sich sicher und geborgen wie seit Kindestagen nicht mehr.

Er hatte keine großen Pläne, und auch die freudige Erregung, die ihn bei der Anlage seines Stadtgartens beflügelt hatte, stellte sich nicht wieder ein. Seine Begeisterungsfähigkeit war versiegt. Dennoch erwartete er mit einer unbestimmten Sehnsucht den Frühling.

Als dieser sich ankündigte, hatte er sich bereits einen kleinen, gebrauchten Traktor zugelegt und pflügte und säte gemäß den Ratschlägen des Landwirts, der ihm das Fahrzeug zusammen mit einer anschließbaren Dreschmaschine und anderen nützlichen Geräten günstig überlassen hatte. Vor dem Kauf hatte Friederich sich vergewissert, daß für alles noch Ersatzteile zu erhalten seien, war in einer einschlägigen Werkstatt gewesen, um sich nach den am häufigsten benötigten zu erkundigen, und hatte diese gleich doppelt erworben. Damit, so meinte er, sollte gewährleistet sein, daß er bis zu seinem Lebensende keinen neuen Traktor brauchen würde.

Überhaupt wurde es ihm zur fixen Idee, Vorräte zu sammeln, sich mit notwendigen Dingen einzudecken, die nur für Geld zu haben waren. Dabei ließ er sich von keiner Endzeitstimmung leiten, wie man es in seinem Fall vielleicht hätte erwarten können. Die Tatsache, daß auf dem Dachboden mit der Zeit, angemessen verpackt und beschriftet, dreißig Paar kräftige Schuhe, zwei Rasierapparate, Stoffballen, Glasscheiben, Kochtöpfe, Glühbirnen, Schreibhefte und vieles mehr lagerte, was er nicht selbst herstellen konnte, gab ihm einfach die Sicherheit, unabhängig zu sein, und diese empfand er als ein instinktives Bedürfnis, das er nicht weiter zu ergründen suchte.

Bei der Bestellung seiner Äcker ging Friederich ziemlich willkürlich und unordentlich vor, und die Auswahl an Gemüse war im Vergleich zu früher eher beschränkt. Diese Nachlässigkeit bemerkte er selbst jedoch kaum. Manchmal war er bei seiner Gärtnerarbeit derart zerstreut, daß er etwa den bereitgelegten Kürbissamen vergaß und erst wieder auf ihn aufmerksam wurde, wenn es zum Anpflanzen schon zu spät war. Gleichwohl hatte er so reiche Ernten, daß er sich um sein leibliches Wohl keine Sorgen zu machen brauchte.

Die Jahre vergingen ungezählt. Aus den leeren Räumen wurden wohnliche Zimmer, die jungen Obstbäume entfalteten ihr Astwerk und trugen mehr und mehr, und in einem Faß reifte bald der Wein der jeweiligen Ernte heran. Irgendwann begann Friederich sogar, mehr aus Spaß als aus Berechnung, Alkohol aus Zuckerrüben zu gewinnen, um damit seinen Traktor anzutreiben.

Er war fleißig und sichtlich bemüht, den eigenen Ansprüchen gerecht zu werden, aber seine Bewegungen waren für sein Alter unnatürlich langsam, und immer öfter kam es vor, daß er eine Tätigkeit unversehens abbrach, wie geistesabwesend ins Leere schaute und nachher nicht mehr wußte, was er eigentlich hatte tun wollen.

Hin und wieder fragte er sich noch, was aus dem Mädchen geworden sein mochte, das einen Sommer lang fast sein Kind gewesen war. Oder er gedachte der Frau, mit der er in einer fernen Nacht so offene Gespräche geführt hatte und die doch, schon allein altersmäßig, nicht zu ihm gepaßt haben würde. Dann entfielen auch sie, wie vieles andere, seinem Gedächtnis, und die Einsamkeit, die ihm von solchen Erinnerungen jedesmal schmerzlich vor Augen geführt worden war, erzeugte einen Zustand gefühlloser Stumpfheit.

Nur wenn er zu seiner Violine griff – die er mit achtzehn beiseite gelegt hatte, weil ihm eine Beschäftigung damit, bei den Anforderungen, die das Leben stellte, augenblicklich unverantwortlich vorkam –, verriet sein Gesicht plötzlich eine ungeahnte Bewegtheit. Friederich hatte das Instrument und den Stapel Noten stets sorgsam aufbewahrt, ohne daß sich je die Voraussetzungen ergeben hätten, um ihm eine Wiederaufnahme des Studiums erstrebenswert erscheinen zu lassen. Erst als die letzte Station seines Lebens erreicht war, begann er eines Tages wie von selbst wieder zu üben und wunderte sich, wie leicht er sich hineinfand. Auch hier ging er unregelmäßig und planlos vor. Er mußte in der richtigen Stimmung sein, um die Violine in die Hand zu nehmen; dann aber konnte er stundenlang mit dem Spiel fortfahren, ohne mehr etwas um sich herum wahrzunehmen.

Wenn er sich auf solche Weise mit Saiten und Bogen eins gefühlt hatte und aus seinem Rausch erwachte, saß

Minze meist vor ihm auf dem Fensterbrett und blickte ihn mit funkelnden Augen an.

Die Jahre vergingen, und Friederich schaute bei keinem der benachbarten Bauern mehr vorbei. Ins Dorf ging er nur, um die fälligen Steuern an den Staat zu zahlen, seine jährlich größte Ausgabe. Er mied die einen wie das andere, weil ihn die gähnende Langeweile, die ihm dort entgegenwehte, jedesmal in eine Unruhe versetzte, die ihn auch nach der Rückkehr mehrere Tage nicht verlassen wollte. Erst wenn im Schutz seines Heims und unter dem balsamischen Einfluß der Pflanzenwelt die Eindrücke, die diese bösen Geister geweckt hatten, verblaßt waren, fand er wieder Frieden.

Um unangenehmen Besuchen vorzubeugen, hatte er schon recht früh am Anfang des Feldwegs, der zu seinem Haus führte, ein Schild angebracht, auf dem zu lesen war: ACHTUNG, BISSIGER HUND. Trotzdem wurde er einmal durch das Geräusch eines nahenden Geländewagens aufgeschreckt. Es war die Polizei, die einige belanglose Fragen betreffs seines Einsiedlerdaseins stellte und sich dabei unauffällig in der Wohnung umsah.

Eine Zeitlang wurde Friederich daraufhin im Schlaf von der Angst verfolgt, man wolle ihn seiner vergangenen Sünden überführen oder vielleicht für unzurechnungsfähig und unmündig erklären und zwangsweise in eine Anstalt einliefern. Aber auch das ging vorüber.

Instinktiv flüchtete er sich immer mehr in eine Kurzsichtigkeit, die es ihm erlaubte, Tag für Tag von den sich aus den Jahreszeiten ergebenden Aufgaben und kleineren handwerklichen Arbeiten ausgefüllt zu sein. Und obwohl niemand ihn durch Lob anspornte, ließ er sich dabei doch von einem ästhetische Trieb leiten, der seine Existenz auch vielen Zeitgenossen liebenswert hätte erscheinen lassen.

Nur im Winter, wenn die Natur draußen schlummerte

und der Morgen nicht vom Abend zu unterscheiden war, überkam ihn zuweilen eine unendliche Müdigkeit, der er sich widerstandslos ergab. Er blieb dann im Bett oder saß vor dem Feuer und wünschte sich, seinem Leben eigenhändig ein Ende zu setzen.

Nicht selten phantasierte er in diesen Augenblicken von einem selbst geschaufelten Grab, in das er sich legen würde, und einer durch ein Uhrwerk in Gang gesetzten Vorrichtung, die das seitlich auf Brettern lastende Erdreich auf ihn fallen ließ, wenn das Gift gewirkt hatte.

Doch es kamen andere Tage, da waren ihm solche Gedanken wieder völlig fremd.

Und Minze?

Spätestens nach dem Tod der Mutter hatte die Katze Friederichs wechselhafte Schicksale mit besonderer Anteilnahme erlebt. Sie hatte ihn überallhin begleitet, und obwohl ihr die Unrast, die verhängnisvolle Ernsthaftigkeit, mit der er sich mit dem Treiben seiner Mitmenschen auseinandersetzte, fremd blieb, hatte sie zunehmend Freude empfunden, wenn sie ihn glücklich sah, und sich um ihn gesorgt, wenn ihm Widerwärtigkeiten zustießen. Ja, ihre Zuneigung hatte schließlich dazu geführt, daß sie es übernommen hatte, ihn von den zwei unausstehlichen Typen zu befreien, denen er hilflos ausgeliefert schien.

An vielen kleinen Dingen erkannte Minze, daß auch Friederich an ihr hing. Erstmals hatte sie das vor Jahren bemerkt, als sie infolge einer Magenverstimmung in einen finsteren Winkel gekrochen war und er noch am selben Abend verzweifelt Haus und Garten nach ihr abgesucht hatte. Ähnliche Szenen hatten sich später wiederholt und ihr gezeigt, daß er offensichtlich nicht ohne sie auskommen konnte.

Der fast unerschütterliche Gleichmut und die seltsame

Geistesabwesenheit, in die Friederich nach der Übersiedlung aufs Land versunken war, blieben für sie ebenso ein Geheimnis wie seine früheren Gemütserregungen. Doch nachdem sich herausgestellt hatte, daß sie wohl von Dauer sein würden, nahm sie diese Veränderung als das geringere Übel hin. Daß er sich ein wenig verrückt aufführte und ihr manchmal mit seinen wilden Bewegungen weh tat, wenn sie sich über die Felder nachliefen und miteinander rauften, empfand sie nur als harmlosen Übermut.

Wegen ihrer Verbundenheit mit Friederich und nicht allein deshalb, fand sich Minze, die bereits ihren sechzehnten Geburtstag hinter sich hatte, unschwer mit der etwas eintönigen Atmosphäre ab, von der ihre Tage jetzt gekennzeichnet waren. In jener abgeschiedenen Zufluchtsstätte begann sie sich wieder für Bücher zu interessieren. Nach der abschreckenden Erfahrung als Kind, hatte sie es nie mehr gewagt, ihre verstandesmäßigen Fähigkeiten bei wem auch immer durchblicken zu lassen, und selbst jetzt las sie zuerst nur im Verborgenen. Als Friederich sie jedoch einmal dabei überraschte und nur ungläubig den Kopf schüttelte, tat sie sich keinen Zwang mehr an. Einige Zeit später ging sie so weit, ihm zu verstehen zu geben, daß sie seiner Sprache mächtig war. Für ihn bedeutete das den endgültigen Beweis seiner geistigen Zerrüttung, und doch war er ihr dankbar dafür.

Johann Lerchenwald
Philipp
oder
Die Freude an der Freiheit
Felix Krull Editore

Philipp hat die Erinnerung seiner persönlichen Vergangenheit verloren. Er besitzt eine ungewöhnliche Fähigkeit, das Schöne zu erkennen, und irgendwann überkommt ihn die Ahnung, daß er deutscher Herkunft sein könnte. Sein Weg ist ihm jedoch in keiner Weise vorgezeichnet, er muß ihn selbst finden. Und er weiß, daß es sich nicht nur um die Findung eines persönlichen Schicksals handeln wird …

Der Verlag präsentiert uns überzeugend jene zeitlose Literatur, die sein Markenzeichen sein will.
Il Tempo, Rom

Die literarische Dichte verrät ein tiefes Verständnis des geistigen Universums von Nietzsche, Mann und vor allem Hesse …
Il Messaggero, Rom

Johann Lerchenwald
Lob der Ehrlichkeit
Felix Krull Editore

Ein Manifest gegen die Lügenhaftigkeit in unserer Zeit, nicht zuletzt in der ungeliebten nachkriegsdeutschen Bundesrepublik.

Es ist in der Tat seltsam mit den Reaktionen der Presse auf Dein Buch: Haben sie es nicht verstanden, wollen sie es nicht verstehen? … Natürlich hast Du ein in gewisser Weise „unzeitgemäßes" Buch geschrieben (das macht ja gerade die große Qualität aus) – aber die Reaktionen offenbaren für mich lediglich eine große Unfähigkeit der Kritiker, das Geschriebene halbwegs adäquat wahrzunehmen … In dieser Art habe ich das noch nicht erlebt.

Der Verleger an den Autor, nach Verrissen zu dessen Debüt in FAZ, SZ, NZZ, Salzburger Nachrichten, Tages-Anzeiger etc.

Lieber Johann Lerchenwald, herzlichen Dank, das Buch interessiert mich sehr und ich habe bereits die Hälfte mit großem Vergnügen gelesen …

Aus einem Schreiben von Claudio Magris

Ich möchte mich bedanken, weil Sie ein so gutes Deutsch schreiben. Beim Lesen habe ich mir oft gedacht, da ist ausgedrückt, was auch ich fühle, nur er hat die richtigen Worte dafür gefunden …

Aus einem Leserbrief an den Autor

LEBENDE KLASSIKER
LODOVICA SAN GUEDORO
HARLEKINS REQUIEM
FELIX KRULL EDITORE

Ein sehr persönliches und doch alles andere als weltfremdes Buch, in dem die Wechselfälle einer Bühnendichterin in der italienischen und zugleich der europäischen Theaterwelt geschildert werden.

Wir erleben eine Sprache von kristalliner Vollkommenheit und die Fähigkeit, jeden moralischen oder metaphysischen Skrupel mit einer unbekümmerten, unerschöpflichen Phantasie wegzufegen.
Primafila

Das phantasievolle literarische Gedankenspiel ist bei Lodovica San Guedoro jedoch keine Hinwendung zum Historismus oder zum postmodernen Kalkül, sondern eine kühne Entgegnung auf die politische Realität des jetzigen Italien.
ORF

Lodovica San Guedoro
Pastor che a notte ombrosa
nel bosco si perdé...
CANDIDATO AL
PREMIO STREGA 2017
LXXI
PREMIO
STREGA
2017
Felix Krull Editore

È un romanzo d'amore che si riallaccia alla tradizione dei grandi classici e va oltre. I luoghi comuni nei rapporti tra i sessi, che accompagnano tutta la storia umana, hanno fatto il loro tempo. Ma continuano a perpetuarsi in maniera blanda, senza fantasia e mistero. Questo libro, scritto da una donna, mi affascina per la poeticità con la quale presenta profondi sentimenti e semplici verità.
Da un commento su Amazon

Un delicato e ingenuo discorso sull'Amore fra due creature di culture diverse. L'aria che vi si respira è di un'arcaica suggestione. Come un lieve volo di farfalle, che in un mondo di coltelli e di pistole fa l'effetto delle foglie che si porta via il vento. La sua serietà nei dettagli e la sua passione per il racconto lo rendono degno di partecipare alla selezione del Premio Strega.
Dalla presentazione di Dacia Maraini

Questo romanzo – insieme al prequel "Pastor che a notte ombrosa nel bosco si perdé... " – vi farà risparmiare un sacco di tempo. Potrete saltare una volta per tutte Shakespeare (quattromila pagine, a occhio e croce), "Anna Karenina" (novecento pagine), Marcel Proust (altre quattromila). E "Le mille e una notte", il "Simposio", "I dolori del giovane Werther", le poesie di Catullo, Ovidio, Aretino, Penna...
Piergiorgio Paterlini, La Repubblica

Una profonda immersione nella bellezza della lingua italiana.
Una lettrice

Felix Krull Editore
Postfach 190662, D-80606 München
Fon: 0049 89 13038567
www.felixkrulleditore.de
fke@felixkrulleditore.de